恋愛ホラー・アンソロジー

勿忘草《わすれなぐさ》

forget me not

岩井志麻子
島村　洋子
加門　七海
田中　雅美
図子　　慧
森　奈津子
永井するみ
加納　朋子

祥伝社文庫

目次

よく迷う道　岩井志麻子

（いわい・しまこ）

一九六四年生まれ。岡山県立和気閑谷高校卒業。九九年「ぼっけえ、きょうてえ」で日本ホラー小説大賞を受賞。同作を含めた短編集で山本周五郎賞を受賞。実力派ホラー作家として注目を集める。著書に『岡山女』『がふいしんぢゆう――合意情死』『黒焦げ美人』など。最新刊は『猥談』。

※※※

本当は暖かな地方で生まれたのだけれど、ミエコはいつも田舎は北の方だといってしまう。最初は東京出身だといっていたけれど、ふと出てしまう訛《なま》りや都内の地理をあまり知らないことで、すぐばれる。

意図しない嘘だ。そんなに罪もない嘘だ。ミエコは薬もやっていたけれど、元々あまり体質に合わなかったようで、悲しいほど簡単に止《や》められた。それでも時々ふっと起こるフラッシュバックとやらで、偽《いつわ》りの景色や嘘の思い出や後から作った出来事、そんな断片が浮かぶ。今も目の前に、女の唇が浮いている。

幻の中には、暮らしたはずのない町や会ったはずのない人が出てくる。色彩も時間もすべて白く凍らせる雪に閉ざされた山村や、どこか壊れた漁船の甲板で手を振っていた綺麗な日焼けした男、錆《さ》びたブランコを揺らしていた女の子はどこの誰だったのだろう。ミエコは、決して恐ろしい悪夢や幻覚は見なかった。

「つまんない半生だもん。とりたてて、嘘ついてまで取り繕《つくろ》う価値もない」

一人暮らしも慣れると、独《ひと》り言も明るくなる。唇に向かって、笑いかけられる。

最初から正直にいった方が楽だと知ったのは、この仕事を始めてからどれくらいか。女子大生だといっても、単位がどうの試験がどうの第二外国語はなどと聞かれれば、あっさり大学など行ったことがないのはばれるし、十九でぇすと称しても、干支《えと》はとかタレントの誰と同い年とか高校生の頃どんなドラマに夢中になったとか聞かれれば、もちろん十九は冗談ですよと馬鹿笑いして誤魔化《ごまか》すしかなくなる。

「高校を一年の終わりに退学させられて、その後に入った美容師の専門学校もすぐ辞めて。でも近所の美容院に見習いで入って、片付けとか掃除とかしてた。そいでバイトでスナックに勤めて。客としてきた男と結婚した。元旦那は建築現場にいたよ。サロンじゃない天然の日焼け男で、かっこよかったよ。でも流産して姑《しゅうとめ》サンとも険悪になって……別れた。今でも元旦那のことは悪く思ってない。でもあいつすぐに再婚しちゃったから」

誰もが聞きたがる訳《わけ》ではないが、ミエコはここまでを語る。これ以上のことを聞いてくる男は滅多《めった》にいない。小学校の頃はいじめられっ子だったこと、中学生の頃に母親が若い男と逃げたこと、援助交際がばれて退学させられたこと。ここまでは聞かれれば仕方なく話す。家出したての頃、補導された時もここまでは話した。

「初体験……十二の時」

それをいう時だけ、少したためらう。しかしこの質問は、出身地だの前職だのよりも多くされるものだ。お客も、今の事務所の通称パパさんもママさんも聞いてきた。十二。それだけで軽く驚かれるが、相手は「先輩」で済ませている。

「本当は、違う。十二っていうのは本当だけど、相手はセンパイとかじゃない」

――独り言をいっているつもりだったのに。

「ふうん。まあ、そんなことはいいよ。ねえ、ミエコちゃん」

中空に浮いた幻だとばかり思っていた唇が、生きた人間の息を吐いた。

※※※

ここは自分の部屋ではなく、ホテトル事務所に近い喫茶店だった。昨夜は二人続けて客を取った後、ゲームセンターで夜明しをした。だから眠くてたまらない。おまけに、稼《かせ》いだ金をすべてスロットマシンに吸い上げられていた。自分が楽な生き方をしているのか過酷《かこく》な生き方をしているのかすら、わからなくなってくる。

「ズバリいって申し訳ないけど、あなたあんまりフーゾク合ってると思えない」

「……あんたは、合ってたの？」

そんなミエコに「インタビューさせて」といって近付いてきた女がいた。テーブルを挟んだ向こうにいる女だ。唇だけが鮮《あざ》やかな女は、元風俗嬢だといった。ミエコへの媚《こ》びと見下し。ともに鬱陶《うっとう》しかった。有名な、といってもミエコは知らないが、大学を出ているという。それだけを売り物に風俗嬢をやっていたらしい。

今度は、それプラス元風俗嬢という売り物ができた。と、赤い唇は歪んでいる癖にきれいな発音でいう。ミエコは事務所を出たところで声をかけられた。ミエコは、待機をするのにこの辺りの喫茶店を転々としている。連れてこられたこの店は、初めてだった。こんなに近いのに見落としていた。侘《わび》しいのに騒々《そうぞう》しい、ある意味良い店だ。

「合ってたとも合ってなかったとも。でも、わたしは小説家になるのが最終的な目標だから。小説家は合ってる。きっと」

なってもいないのに、わかるの。ミエコは少しうんざりしたが、ここの払いはこのキムラとかいう女がするのだし、謝礼もくれるといっているから大人しくうなずいてやる。ミエコはいつもこうして、自分を納得させている。

「してもらっているんだから、まぁいいか」。おそらく周りの大人にずっと、「してやってんだからいうことを聞け」みたいなことをいわれっぱなしだったからだろう。いわれっぱなし、やられっぱなしは楽だ。楽になりたいと最初から思っていれば。

キムラといるこの店は、半地下というのだろうか。道路の脇に沈み込むようにある。窓際にいれば、ちょうど目の前を足が通り過ぎていく。通行人の顔は見えない。逆の幽霊みたいだ。幽霊は見たことないけど、確か足だけがないんだ。外を歩く生きた幽霊。あたしは彼らからは、何に見える。

「まあ、わたしの話はどうでもいいの。あなたの話を聞かせて。なんていうかな、ミエコちゃんてちょっと普通でない陰りがある。風俗嬢にはありがちなっていったらそうだけど、それらとも微妙に違う陰り」

誉《ほ》められているのか馬鹿にされているのか、キムラの含み笑いこそ微妙だ。それにしても、とミエコは辺りを見回す。ミエコの田舎にあったような店が、都内のど真ん中にあるのが不思議なような小気味よいような気がした。臙脂色《えんじいろ》の古びたソファァ。どこか黴臭《かびくさ》い空気。あからさまに怪《あや》しい客はいなかったが、あからさまに堅気《かたぎ》という客もいない。

キムラのどうでもいい質問が続く。

「ん～とね。そんなこだわりはなかったけど、とりあえずは『区』のつく地区に住んでる。『市』だとせっかく東京に来たのに、変わり映《ば》えのないただの隣町に来たような気がするから。うちの田舎には、『区』のつく地名はないもん」

住んでいるのは区とはいえ、ぎりぎりの端っこであり、ワンルームだ。それでも家賃を払っていくには普通の仕事ではきつい。第一、この経歴ではOLにもなれない。

セックスが好きなのでも何が何でも金を貯めたいのでもないが、この町のホテルで働くようになって一年が過ぎた。ホテルだけではなく、客の自宅に行くこともある。

「クスリ？　もう、やってない。更生っていうのとも、ちょっと違う」

高校生の頃、溜り場でシンナーを吸っていた時、兄妹でやり始めたのがいた。それを目のあたりにして醒《さ》めた。なのに記憶が時々飛んでしまったり、混濁してしまったりする。

「なんとなく。風俗も同じ。覚えてないの。それこそ昔のクスリのせいかな」

家出してくる途中、電車の中で読んだレディスコミック雑誌の広告で見て、自ら応募した気もする。街中で声をかけられて連れていかれてそのまんま、という気もする。いろいろなことをいっているうちにわからなくなった。

「ええっと……事務所には待機する部屋もあるんだけど。あたしはそこ、嫌なのね。センパイ達の博打《ばくち》のカモにもされるし」

父も母もいなくなった後、兄と隠れ住んだアパートに似ているのも嫌な理由の一つだ。低い天井、砂壁、最初から破れていた障子《しょうじ》に襖《ふすま》。隙間風、雨漏り。真夏しか経験していないのに、なぜか冬を覚えている。汗だくなのに、凍えていたからだ。

「こんなふうに喫茶店を転々として、連絡待ち。一晩にううん、だいたい三人かな。指名してくれるお客さんも数人いる。やっぱり、美人がウケルのは当然だけど。その次は性格ですよ。あたし別に、自分が性格いいとは思わないけど、それにノリもよくないけど。とりあえず、はいはいって素直だから」

誰に仕込まれたのだろう。自分はそんなに従順ではなかったはずだ。兄にもいつも、お前は素直じゃないと怒られていた。怖いのはお客や病気じゃない。兄だ。いつまでたってもお兄ちゃんが怖くて……好き。

「なんでも」

といったら、キムラはここの人気メニューだというトーストを注文してくれた。スライスチーズとハムをサンドイッチにしてからトーストして、上にウズラの目玉焼きをのせている。添えられているのは、濃厚なミルクティー。特に美味《おい》しいとも不味《まず》いとも感じなかった。

「ううん、ミエコちゃん若いのにね。そんなにブスともバカとも思えないし。むしろ上の部類じゃないの」

嫌いではないものは、イコール好きなものか。ならば事務所の通称パパさんママさんもこのキムラも好きなはずだ。でも、そうじゃない。指名してくれる男達も。そして、自分自身も。ついでに、このサンドイッチと紅茶も。

「基本的に受け身なんで、ソープとかヘルス系は駄目。何されても寝転んでいる方がいい。そんなひどいことしてくる客も今のところいないし」

「プライベートでも？」

「彼氏いません」

夜通しやって、それから始発でアパートに帰る。ずっとごろごろしている。引きこもりに近い。特に苦痛とは感じないし、淋《さび》しいと泣きたくもならない。

「投げ遣《や》りねぇ」

わたしは小説家になる夢に支えられているもの。というより、なるつもり。なれるはずよ、と。あたしなんかに威張《いば》っても宣言しても仕方ないのに、とミエコはトーストを食べ続けた。硬くて脆《もろ》い。

「悲しいことってある？」

そんな情緒的なことなんかないだろう、といいたげだ。突然に、キムラはどこかが痛む顔をする。下手な演技。風俗嬢としても駄目だったろうなと、思わせる。

「ありますよ。毎日。顔見るなり『チェンジしてよ。他にも女の子いるよな』って言われたり、生でさせろって強要されたり。危ない日なのに。他の女の子達もあたしのこと軽く見てたり。始発の電車、淋しいですよ。帰っても誰もいない。プライベートでは何か強要してくれる人すらもいない」

「帰りたい、帰ろうとは思わないの」

「帰っても、お兄ちゃんがいるだけだし。今さらお兄ちゃんと住んだってしょうがない」

「兄妹の仲はいいの」

「……普通」

その時、ミエコの携帯が鳴った。この喫茶店では携帯は咎《とが》められない。客は皆、喧嘩腰か愁《しゅう》嘆場《たんば》のどちらかを演じつつ電話をしている。純粋にビジネスの電話をしているのは、ミエコくらいか。事務所のママさんからだった。初めての客で、自宅希望だという。わかりやすい場所よ、歩いていきなさいといわれて住所を告げられた。

「あの、呼ばれちゃった」

ミエコの皿は空だ。カップも。キムラはどちらも残していた。ミエコはその冷えた残骸達を見下ろして、いった。

「どうせなら、その家まで来ませんか」

「……それは遠慮しとくわ。でも、その家の前まで送ったげる」

キムラとともに出た。生温《ぬる》い体温のような空気、生温《あたた》かい体液のような風。いつのまにかキムラは消えていた。ふっと中空に、赤い唇の残像だけが浮く。これもすぐ、消えた。

※※※

不安になるほど凡庸《ぼんよう》な路地裏。迎えてくれたサトシ君は凡庸な容姿で、性癖もこれといったものはなさそうだ。とにかく部屋が汚かった。元はそんなに悪いアパートではなく、きちんと片付ければマンションと言い張ってもどうにか通りそうな造りなのにだ。

サトシ君の部屋は1DKというのか。どちらも汚れている。三次元が汚い、とでもいうか。タンスがないので、洗濯物も普段着もすべて部屋に渡したロープにぶら下げてある。どこかで見覚えのあるチェックのシャツが陽気な幽霊のように揺れている。

変わった服装をしてくれとか、おしっこ飲ませてくれとか、赤ちゃん言葉を使ったりもしない。いい学校出ていい会社に勤めていたけど病気して療養してたらリストラされて、とだけいった。本当かどうか、どうでもいい。ミエコの偽《にせ》の北の田舎ほどに。

「サトシ君」

　ただ、そう呼ぶことだけは頼まれた。強要ではない。サトシ君はいつもおどおどしているのだろう。ミエコも決して高飛車《たかびしゃ》だったり気が強かったりはしないが、サトシ君といると偉そうな口をきいてしまうことになる。

「ミコちゃん、だっけ。一緒にシャワー浴びようよ」

「浴びてやってもいいよ」

　当然、浴室も汚れていた。ひどく暗い。ここも嫌な昔を思い出させる。忌《い》まわしいのに懐《なつ》かしい、プラスチックの洗面器に椅子《いす》。ミエコは脱衣所で全裸になる。比較的、清潔で乾いた青いバスタオルに目星をつけておくのも忘れない。

　生温いお湯。体液と変わらない匂いと温さ。サトシ君は締まりのない体だ。まだ三十代に入ったばかりだろうに、この緩み方は酷い。ミエコとて自慢できる体ではないが、優位に立たざるをえない。

「あたし、初めて見た死体は溺死体だったよ」

　こんなに強気になっている。あの女キムラにはおどおどしていたのに。サトシ君は若いのに、そして酒も飲んでいないのに勃《た》ちが悪い。腐りかけの生肉。匂いはないけれど。

「溺死体のコレ、すごく膨《ふく》らんでいた」

　その肉を玩《もてあそ》びつつ、笑った。誰の死体だったのだろう。赤の他人のような気もするし、とてもよく知った人のような気もする。そんな昔だったか、あれは。

「ミコちゃんて、変だよね。その変さがいいよ。最初は変だなと思ったけど、今はそれがいいと思ってるよ」

なぜこんな男でいい気持ちになれるんだろう。ミエコは押し倒されて、サトシ君に乗っかられた。シャワーは出しっぱなしだ。汚れたタイル、黴《かび》だらけの壁、舐められる自分。なのに気持ちいい。

お兄ちゃん、と呻いて軽く驚く。溺《おぼ》れたことはないけれど、今の自分は溺れている。いつのまにか挿入されていたのは、すっかりその気になっていたのか。優しくされているのか虐《いじ》められているのか、何もかも曖昧《あいまい》にシャワーに流されていく。

気持ちの悪いキスをしてくる。耐えられない臭いはない。生の肉。性器と舌。シャワーが降り掛かる。もうベッドではしたくない。湿った毛布、抜け毛だらけのシーツ、脂《あぶら》で黒ずんだ枕。目を瞑《つぶ》っても開けても嫌なものしか見えない。サトシ君は素早く体を離すと、排水溝にしゃがむようにして放出した。

「出ようよ、ミコちゃん」

まるで優しい殺戮《さつりく》を終えた後のようなサトシ君は、ミエコを抱き起こした。そういえばと、ミエコは薄く微笑む。ミエコをミコにしてあるだけで、名前すら変えようとしない。なのにあたしはどんどんあたしから離れていく。取り戻す呪文は、お兄ちゃん、か。お兄ちゃん。お兄ちゃんに抱き上げられて浴室を出た。滴《したた》る水滴に凍える。バスタオルにくるまれる自分は、いやらしい妹だ。

「ちょっと休憩。そうだ、ご飯食べる」

キッチンの汚れ方を見ただけでうんざりしたが、空腹は確かだった。ガラステーブルの前にバスタオルだけ巻いて座る。濡れた髪を例のタオルでこすっていると、カレーの匂いがした。意外なことにそれはなかなかのものだった。骨付きチキンは箸でほぐせるほど煮込まれており、色鮮やかなご飯はターメリックで着色されているのだった。

「すごい。サトシ君てひょっとしてコックさんとか?」

「違う違う。これだけは作れるの。これにはちょっとした物語があるんだけど、それはまた次ね。次も指名するからさ」

ちゃんとヨーグルトで下味をつけてあるらしい。専門店で食べた味だ。どんな曰《いわ》くがあるのか、あまり興味はない。しかし指名は有り難《がた》い。

サトシ君はコーヒーもいれてくれた。キッチン、といっても敷居のすぐ隣というだけだが、奇妙な鼻歌を歌いながら用意をしてくれる。ミエコは服の重なりの彼方《かなた》にある窓を見ていた。あの窓を開ければ隣のアパートが立ちはだかるだけだとはわかっているのに、別の景色があるのではと期待してしまう。たとえば偽の北の故郷とか。

死体が転がっているかもしれない、荒涼とした彼岸の果てかもしれない。それでもいいのだ。しかしどうしてもここにだけはいたくないという場所は思いつかない。故郷も今の部屋も、そんなに悪くはない。

「これ、いいよ」

コーヒーと一緒に持ってきたのは、ガラス瓶に入った赤い液体だった。同じ事務所の子が変な薬を飲まされて死にかけたのを思い出す。軽い睡眠薬なら盛られたこともあった。お金だけならいいと、諦《あきら》めた。垣間見た死後は、美しくもなんともなかったから。

「変な薬は嫌」

「違うって。変な薬ならこっそり混ぜるよ」

とてもきれいな血の色だ。今まで出会った人は誰もこんな血をしていない、そんな透《す》き通った赤。

「グレナデンシロップ。柘榴《ざくろ》の香味をつけたものだよ。本当はデザート用だけど、コーヒーに入れてもいいんだ。これもちょっとした物語がある」

甘いコーヒーを飲んで、それから皿も片付けずにまた抱き合った。延長の電話を入れなくてはならないというと、サトシ君はその間にトイレに立った。

「……えっ、間違えた」

なぜだろう。故郷の兄につながってしまったのだ。

「何してんだ」

「友達とカレー食べてコーヒー飲んだ。その前は仕事の人と会って、サンドイッチ食べて紅茶飲んだよ」

ざらつく風の音。あんな風は故郷に吹いていただろうか。でもこれは家への電話だ。あれっ、と思う。電話代を払えなくて止められたままになっていなかったか。

「お兄ちゃん」

呟《つぶや》いた瞬間に電話は切れて、背後にいたサトシ君が笑っていた。背後に奇妙な色彩が揺れている。服の重なりではない。ターメリックの黄色とグレナデンシロップの赤と。窓の向こうはきっとそんな色が混じりあっている。

暑くて汗も流れるのに、ミエコは裸の肩を寒そうに抱いていった。

「あたしね、初めての相手、お兄ちゃんだった」

※※※

ミエコは時々、記憶を無くす。自分も落としてくる。けれど探すのは容易《たやす》い。狭い範囲にしか生きてないから、おおよそどこら辺りを探せばいいかすぐにわかるし、高価ではないから誰も拾わない。何よりも、落としても無くしても惜《お》しくない。

「ええっと、目玉焼きののったトースト。それからミルクの入った紅茶」

今日もミエコは、あの喫茶店にいる。携帯電話が鳴るのを待っている。事務所とサトシ君からしかかかってこない。もう、お兄ちゃんには番号を教えてないから、かかってこない。かかってきたら、それは偽者のお兄ちゃん。偽者でもいいのに、と寒そうな顔をして窓の向こうの逆幽霊達を眺める。

特に美味しいとも不味いとも思わないのに、今日もこの二つを注文する。食べ終わると何かのノルマを果たした気持ちにさえなれる。キムラは振り込んであげるといったが、ミエコは口座など持ってない。

後日払うからまたここで会おうと、名刺をくれた。けれど帰ったら、なぜか、余分なお金がバッグにあった。サトシ君がくれたものではない。何のお金か思い出せなかった。

ウズラの目玉焼きは可憐に溶ける。チーズとハムはともに生きものの味がする。ミルクは体液。紅茶だけがよそよそしく気高《けだか》い。

「ちょっといいかなあ。君、お話だけ」

不意に中年の男と若い男が現れた。組関係者にも見えるし、会社員にも見える。ただ、客ではないようだ。何か見せてくれた。興味を引かないから見過ごした。お金ならすぐにわかるのに。勝手に二人は向かいに座る。ウェイトレス達が不安そうに見ている。ミエコはバイブレーター機能にした携帯の画面を見る。何もない。

「キムラさん、て知ってるかな。ここで君と話をしてたのを見た人がいるんだけど」

知ってる、と答えるしかない質問の仕方だ。

「知ってる」

「殺されていたのは知っているかな」

不意に路地裏が浮かんだ。知ってる。あたしが何かを落とした場所。何かを無くした場所。何かを忘れた場所。

「……そういわれてみれば、知ってるような気もする」

二人の男は、きれいに揃《そろ》った口調で同時にいった。

「私達と一緒に、来てもらえるかな」

「連絡先を教えてもらえる。ほら、ご両親とか」

ミエコはただ一人、受け答えをしなければならない。一人なのに、誰かのリズムや呼吸と外れて変な声になる。歪《ゆが》んだ息遣いになる。

「いません。父は死にました。母は行方不明です。でも、死んでると思う。あたし、夢を見るから。あれはお母ちゃん」

初めて見た溺死体。あれはきっとお父ちゃん。

「兄弟とかいないの」

「……お兄ちゃん。でも、行方がわからない」

そうだ。ミエコは携帯を取り上げる。

「サトシ君に頼んでみる」

ところが番号は使われておりません、と無機質な声が流れるのみだ。仕方なく事務所に電話した。窓の向こうの足が一斉に立ち止まり、すべてミエコを囲む錯覚。嫌な汗が滴った。二人の男、いや、二人の刑事はなぜか笑う。どこかの記憶にある顔だ。深い傷口のような目鼻、深い空洞に似た口。

「ママさん。あの、ミエコです。なんかあたし、今夜は警察に泊まらなきゃならないみたいなんです。仕事できません」

ママさんが何か怒鳴り始めたので、一人の方に渡した。何やら話している。ミエコはあのカレーはもう食べられないんだな、と初めて悲しくなった。本当にサトシ君は実在しているんだろうか。あれもどこかの記憶が混濁して登場した、白昼夢なんじゃないだろうか。でも、キムラは殺した。

「あの……。あたし、逃げも隠れもしませんから」

二人の刑事が、どこか懐かしい死人の顔をする。

「トイレ行かせて下さい」

ここのトイレはすぐそこだ。逃げようがない。窓もない。だから許してくれた。ミエコは便器にしゃがみこんだ。トーストや紅茶は出てこなかった。代わりに黄色いご飯とカレーが出てきた。そしてコーヒーの匂いだ。とっくに消化されているはずのモノがなぜ。個室はサトシ君の部屋の匂いに満ちた。柘榴の色はどこにもない。幻の田舎の景色に混ぜられた。

ミエコはトイレのドアを開けた。サトシ君は殺してないと思う。しかし自信はなくなってきた。地面にキムラの足が見えた。幽霊は足がないなんて、どこの誰が決めたんだろうか。ちゃんとあるじゃないの。派手なペディキュア。確かにミエコをじっと見ている位置に立っているその足は、すっと消えた。

「もしかして、サトシ君ちに行くのかなあ。よく知ってたもんね、道順。前に客だったんじゃないの。あたし、急に何もかも嫌になって、すべての記憶を消去したくなったの。誰か殺せば、世界が変わると期待した……」

警察で話せばいいことを、どこにもいない幽霊達に訴える。世界が変わったって、せいぜい偽の北の田舎くらいだろう。それもわかっているのに。

戻ると、二人に促された。テーブルの上の携帯が光っていた。取ると、風の音がした。

「どこにいるの、お兄ちゃん」

お兄ちゃんとはやってしまったけど、まあいいじゃない。ふっと気がつくとあたしは高校生で、今まさに溜り場でシンナーを吸っている。……そうだったらいいのに。そうだったら、一生醒めない悪夢の中にいてもいいのに。

托《たく》卵《らん》

島村洋子

(しまむら・ようこ)

大阪市生まれ。帝塚山学院短期大学卒業。証券会社勤務を経て、一九八五年、コバルト・ノベル大賞を受賞し、デビュー。女性の恋愛を赤裸々に描いた作品は、斯界の注目を浴びている。著書に『ビューティフル』『ポルノグラフィカ』『LOVERS』(小社刊/アンソロジー)『家族善哉』『タスケテ…』。

1

英語で考えているときの私はちょっと人格がちがう。

とはいえ「私は私」なのだけれど、少しは意志が強くなったような気がするのだ。

よくある女性誌の有名人のインタビューのせりふのようだけれど、私はひとつの恋を乗り越えて強くなったような気がする。

アメリカに来ようと思ったのは、そんな強い意志からではない。あまりの苦しみやあまりの悲しみに耐え切れなかったからだ。

フランスでもスペインでもインドネシアでもどこでも良かった。あの人が住んでいない国ならば。

私があんなに好きだった人が、平気で普通に暮らしているかと思うと、たまらなかった。

私が朝、トーストを齧《かじ》りながらひとりで見ている同じ情報番組を彼は妻と見ているかも知れない。

私がカーラジオでたまたま耳にしたはやりのJ－POPを彼もまた妻の運転する車の助手席で、あるいは反対に妻を乗せた運転席で聞くかもしれない。

どこかの火事やどこかの殺人事件、どこかの泥棒のニュースも彼と私は同じものを見、同じはやっている清涼飲料水を飲んでいるかも知れない。お互いにそれを知らなくても。

私はそれだけでたまらない。

私は彼を得ることができなかったのだから。

彼を愛することなら誰にも負けないつもりだったのに、彼だってそれを知っていただろうに。

別に結婚したかったわけではない。ただこのままでもいいから彼のことをずっと愛したかっただけだ。

彼もそう思っていたはずだった。

続けるのも苦しいけれど、別れるのはもっと辛《つら》い。

私たちはそんな無駄な話し合いを何度も何度もしたけれど、結局は別れられなかった。

「いつか別れる時期が来ればそうなるよ」

彼はよくそう言っていたけれど、その意味は「きみは独身なんだから、結婚相手ができたら僕は別れるよ」ということなのだ。

私は言ったものだ。

「早くそんな相手ができると嬉《うれ》しいけど」

と。

こんなに好きな人がいながら他の人なんて絶対にできるわけないじゃない、と思いながら。

私たちは本当に仲が良かった。つがいの鳥だって、こんなにずーっとは仲良くできないだろう、と私は思っていた。

不倫の恋に酔う演歌の歌詞によくある関係というのとは違うのだ、私たちは本当に信頼しあっている、と思っていた。

いつまでも続くはずの恋というものがこの世にあるとして、そしてそれは万に一つのものだとしたら、その万に一つがこの恋なのだ、と私たちは確信していた。

いや、それは正確には「私たちは」ではなくて、「私は」だったのかも知れない。

私だけが勝手に思い込んでいた、思い込まされていたのかも知れない。今、冷静になって考えてみると。

彼の妻は外資系の銀行に勤めるキャリアウーマンで、仕事が何より好きらしく、彼が外で何をしているかということにそれほど興味を持っていないようだったし、恋人も時々作る奔放《ほんぽう》な女性だ、ということは噂に聞いた。

しかし離婚となると難しいらしく、私はそれをせっつくこともなく付き合っていた。私は一人勝手に「この世には結婚よりもすばらしい関係があるのだ」と思い込んでいたのかも知れない。

そんなふうに何も問題なく三年続いた関係だったのに、急に彼に連絡が取りにくくなった。新しい女でもできたのかと嫉妬をしたり、恨《うら》んだ時期もあったがよく聞いてみるとそうではないらしい。

彼の妻が子宮癌《しきゅうがん》になったのだ。

まだ三十代の半ばでそんな大変な病気になった、と聞いてそれは本当に気の毒だと思った。いくら私が愛人だからといって、好きな男の妻の不幸を祈るような気持ちにはならなかった。彼が看病のために病院に泊まり込んだりしてることを聞いたら、やはり彼の携帯にしょっちゅう電話をすることはできなかった。

仕事をして、病院にも通っている彼に自分のできることを何かしてあげたい、と私は思ったけれど、結局、私のできることは「会うのを我慢する」ことくらいだった。

休日も病院から持って帰った汚れ物を洗濯しているらしいし、睡眠が取れないので休日にまとめて寝ている、と聞けば、その貴重な時間を私が自分の欲望によってかすめとるなんてことはできなかったのである。

しかし離れているあいだにふたりの愛情はもっと高まるのだ、と思っていたのはどうやら私だけだったらしい。

彼と妻の関係は病気を契機に持ち直し、とても仲良くなったらしいのだ。私の入り込む余地がないほどに。

新しい恋人ができた、と言われたほうがどれほど良かったろう、と私は別れ話をする男の口元を見ながら思った。

「俺は今まで間違っていたのかも知れない」

と彼は言った。

どうやら私は「間違い」にされてしまったらしい。

腕枕をしながら彼が私の耳元で囁《ささや》いていた数々の愛の言葉も「間違い」だったらしい。

間違いにきづくまでに三年かかったというのだ。

私は笑った。

こんな馬鹿らしい話、泣くことができるだろうか。

高いお金を出して集め続けていたダイヤモンドがガラス玉だったとしたら、人は泣くだろうか。

泣くよりも自分の馬鹿さをきっと笑うだろう。

私は自分の愚かさを笑った。

そして笑いながらも、そんな冷たい男をまだ嫌いになれない自分にあきれた。

「もうずいぶん回復したんだけど、心配だからいつもついていてやりたいんだ」

と言った彼の言葉に私はうなずいた。

今、私が何かの病気になっても、どんな苦しみの中にいても、私が死んでも、この世の誰も泣かないのだな、と思うと本当に消え去りたくなった。

だからアメリカでの働き口を見つけて渡米したのだ。

幸い私は高校生のとき三年間を親の転勤に伴ってニューヨークで過ごしている。日本に戻って来てずいぶん経《た》ったので、忘れた言葉も多かったが、半年もブラッシュアップすればきっと大丈夫だろう。

私は西海岸で日本人相手の医療関係の仕事についた。

臓器移植のデリケートな問題を扱う仕事で疲れ果て、そのオフィスを一年半でやめたあと、あるコーディネート会社に勤めることになった。

それは代理母の斡旋《あっせん》の会社だった。

何らかの事情があってこどもができない日本人の夫婦にアメリカ人の代理母を紹介するのだ。日本円にして二百万から三百万程度で代理母になってくれる人は、こちらにはたくさんいる。しかしこれはただ妊娠して産めばいい、というような簡単な仕事ではない。夫の精子と妻の卵子を結合させ、それを代理母の子宮に着床させるのだが、これがなかなか難しい。

こちらの代理母は皆、プロ意識が高く、ホルモン注射を自《みず》ら毎日打ち、「妊娠しやすい体」を作っていたりする。

これはただお金のためではない。

私もはじめはその気持ちがよくわからなかったが、この仕事をしているうちにだんだんとわかるようになってきた。

彼女たちは役に立ちたいのだ。

何のとりえもない平凡な自分が、泣くほど感謝され、そしてお金を受け取れる。未来永劫続いていくであろうどこかの家系に自分は貢献できるのだ、と思うと誇らしい気持ちがするらしい。

しかし彼女たちの多くはだんだん日本人夫婦の仕事を拒否するようになって来た。

それは日本人が「自分のこどもが代理母から産まれた」ということを隠したがるからだ。

これがアメリカ人の夫婦などだったら、必ずクリスマスカードが届き、それには大きくなったこどもたちの写真が添えられていることが多い。

代理母はべつにこどもを奪い返したい、などと思っているわけではなく、仕事としてわりきっている。

当然、わりきるまでにいろいろな思いがあり悩み苦しむが、他人の役に立つという喜びを覚え、やがて報酬も受け取るようになるのだ。しかし、やはり自分の産んだこどもの情報は欲しい。

年に一度でもカードと写真が来ればどんなに嬉しいことだろう。

しかし日本人の夫婦は絶対にそんなことをしない。

ものすごくいやがるので、こちらから連絡もできない。

代理母としては自分はいいことをしたつもりだったのに、だんだん悪いことをしたのではないか、と思えてくる。

だから極力、日本人のこどもは産みたくない、と三百人も登録したアメリカ人の代理母たちが口々に言うようになった。

とはいえ私の勤めているオフィスでは、アジア人（主に日本人、韓国人、台湾人）のこどものない夫婦に代理母を斡旋しているので、日本人の依頼を断られると困る。

よく冗談で、

「マリコが産んであげれば？」

などと私もからかわれたものである。

「そうね。私もべつに恋人がいないから一年くらいセックスできなくても平気だし」

などと冗談を言ったものである。

あの男と別れて以来、ずっと好きな人ができなかったことは事実である。しかし一番の理由はこちらの暮らしに慣れることが大変だったからである。

社長は日系人だったが、日本人ではないので相談に来る日本人夫婦たちのケアが充分ではなく、それはいつも私たちの仕事になる。

幸い社長夫人が日本人だったので、私と夫人が夫婦の話を聞いた。

社長夫人と私は日本語で話せるので、そのときだけ私は安心して話すことができた。

初めのうちは私は書類を作成したり、翻訳をするばかりだったが、最近だんだん人手が足りなくなったために社長夫人の仕事を、私が手伝うことにして、書類作成は日本語のできる大学院生などを使っているのだ。

社長夫人は結婚後すぐに自然に三人のこどもに恵まれた人なので、本当の意味での夫婦の悩みがわかっているかどうかは疑問だったが、生来優しい人なので、アメリカに来た不安も抱えている夫婦の気持ちをうまく慰《なぐさ》めることができるようだった。

私は一度も結婚したことはなかったが、好きな人のこどもを持つことが許されない気持ちは痛いほどわかっている。

好きな人と朝、笑いながら目覚《めざ》めることのできない苦しみや好きな人と外で大らかに会えない悲しみも、ありとあらゆる感情を私はひとりの男によって経験したが。

何でも自然に任せればいいじゃないか、何でも思いどおりになると思うなんてごうまんだ、人間にはあきらめるということも大切ではないか、とこの仕事を始めてしばらくは私もそう考えていた。

その前の仕事が臓器移植のサポートで、腎臓や肝臓の移植を待つ人ほどの切羽詰まった思いと代理母を待つ人とのそれは決定的にちがう、と思ったからである。

しかし人間はその立場にならないと悩みの深さはわからないものである。

このままこどもが持てないのだったら死んだほうがいい、とまで思い詰めて泣く人を前にして、「我慢しろ」などと誰が言えるだろう。

持てるものには、持てないものの苦しみは決してわからないのだ、ということをこの仕事を通して私は知った。

一番、気の毒に思ったのは結婚して十二年目に初めて授かった子なのに五カ月目に入ったときに大出血して、子宮を取らざるを得なかった恵利子《えりこ》という女性の話である。

「あのまま全くできなかったら、こんなにがっかりしなかったのに」

と彼女は言った。

なまじ妊娠してこどもができる期待に満ちあふれた日々を送ったことが今の自分を苦しめている、と。

しかし彼女の卵巣は残っている。

卵巣が残っているということは、排卵できるということなので、体外受精が可能だ。

問題はこの受精卵をどこに戻してやるか、ということになる。

若く健康な女性がその子宮を貸してくれれば彼女たちは自分たち夫婦の遺伝子を受けついだこどもを持つことが可能なのである。

とはいえ日本の現行法ではそこまで整備されていないので、たくさんの問題が起こる。

彼らはただの欲望からアメリカまで来たわけではない。

それなりに悩み、苦しみ、考えに考えて行動を起こしているのだ。

私は自分の感情をできるだけ抑制して話そうとする恵利子さんを見ているうちに本当に力になりたい、と考えるようになった。

恵利子さんには幸い白人の二十八歳の代理母が見つかった。

「ただひとつだけ条件があります。代理母は手放したこどもには一生会わなくていい、と言っていますが、年に一度だけ写真を送って欲しいということです。それも直接、送る必要はありません。このオフィスに送ってくだされば、私が責任持って彼女のもとに送ります」

「わかりました。本当にありがとうございます」

彼女はメガネを外して初めて涙を流した。

悲しく辛い話が多かったのに、彼女はいつも気丈にも涙を見せなかったのに、初めてこの日、泣いたのである。

優しげに夫が彼女の手の甲を何度も何度もなでていたのも印象的だった。

ジェシカという代理母が妊娠し、出産するまで私はケアをした。

私は医師のデビッドをはじめ看護婦たち医療スタッフと信頼関係を結べたし、しょっちゅう顔を合わせている検査技師のジェフとは大親友になった。

こどもを恵利子さんの手に渡すときはほんとうに感動的だった。

私は本当にこの手伝いができてよかった、と心から思った。

それは悲惨な話でもわがままな欲望の話でもなかった。

これはビジネスではあるけれど、ただのビジネスではない、と私は確信した。

産んだこどもをすぐに連れて行かれてジェシカはしばらく泣いたが、彼女はベッドサイドにいる私に、

「これは私が泣いているんじゃないのよ。私はわりきっているし、人の役に立ったという喜びもあるし、良い仕事をした、という感動もあるの。泣いているのは私の子宮よ。それは私ではないわ」

と言った。

彼女はプロフェッショナルだった。

続けて出産はできないので、二年くらい休んでまた産んでみたい、と言った。

「でも今度は自分自身の愛する人のこどもがいいわ」

と。

私は最初から最後までこのケースに立ち合ったあと、自分でも一度、こどもを産んでみたい、と思うようになった。

もちろん愛する人のこどもを、というのが第一の希望であるが、もしそれが叶わないのだったら、代理母になってもいい、と思うようになったのだ。

お金のためではなく、自分が具体的に何かの役に立ちたい、とも思ったし、私を感動させた女体の神秘というものを経験してみたい、という気持ちもあった。

それに日本人夫婦の子を宿しても良いという代理母が減って来たというのもあった。

三十を過ぎたばかりで私の気持ちもいろいろ揺れていたのだろう。

私は社長夫人に、

「本当に次に見つからなかったら私がやってもいいですよ」

と答えたのだ。

こんなことになるとも知らずに。

2

たちの悪い夏風邪《かぜ》をひいて一週間、仕事を休んでしまい、久しぶりに出社した日のことだった。

運転席から出てきた私の背中に、

「マリコさん、このあいだちょっとお話ししていたご夫婦が一昨日、お見えになったの。で、奥様は子宮癌で全摘したんだけど、卵巣が残っているのでぜひ、ということだったのよ。代理母に関する希望は特になかったので、探してみたんだけど、なかなか見つからなくて。みんな韓国人夫婦や台湾人夫婦のこどもを産みたい、っていうのよね。お断りしようかしら。すごくいいご夫妻だったんだけど。奥さんは教養が高いかたと見えてしっかりしていらっしゃるし、だんなさんはすごく優しそうなかたで」

と社長夫人が声をかけた。

「私がやりますって」

私は半ば本気で半ば冗談で言った。

「大変なことなのよ。一年も。体もボロボロになるし。千ドルや二千ドルじゃ合わない仕事だってことは、あなたもわかってるでしょ？」

社長夫人は丸い体を動かして本気で怒ったように言った。

この人は本当に優しい人だ。親身になってくれる。

私は男に捨てられ、親からも逃げるような形でアメリカに来たので、そういう態度を取ってくれるひとがいるということだけで嬉しい。

「あなたの机の上に、一昨日来られた人の書類、置いておいたから。まぁ目を通してみてよ。私ももう一回、この時期に母体提供の可能な人がいるかどうか、調べてみるわ」

社長夫人のパソコンに向かう背中が見える真後ろに私の机はある。

溜まった郵便物や書類の多さに私は休んだ一週間の長さをあらためて思い知る気がした。

その一番上に置かれた書類を私はいすに腰掛けて眺めた。

最初は全くそのことに気づかなかった。

その名前は、愛しい名前は、憎い名前はアルファベット表記だったから。

「Ｋａｔｓｕｙａ・Ｍｉｚｕｏ（カツヤ・ミズオ）」「Ｒｕｍｉ・Ｍｉｚｕｏ（ルミ・ミズオ）」という名を私は特に気にせず見ていたのだ。いつも眺める書類と同じ程度に。

かわいそうに、奥さんは若いのに子宮癌で全摘したんだなぁ、と私はあらためて確認する。

キャンサー、癌という単語は英語では蟹《かに》のことである。癌細胞の広がる形が蟹に似ているからだろうか。

日本人のこどもがうさぎがいると信じている月も、こっちのこどもには大きな蟹がいるように見えるらしい。

私は英語でこの子宮癌という単語を読むたびに、子宮に張り付いた大きく黒い蟹を想像する。黒く広がる恐ろしい大きなハサミを持った蟹を。

そのハサミが子宮を内部からチョキンチョキンと切っている絵が浮かぶのだ。

「見つかると良いわね」

社長夫人がそう振り向いて言ったので、私の頭は日本語に切り替わった。

そして頭の中が日本語に切り替わったとたん、書類に書かれた「Ｋａｔｓｕｙａ・Ｍｉｚｕｏ」が「水尾克哉」に「Ｒｕｍｉ・Ｍｉｚｕｏ」が「水尾ルミ」に文字が一変した。

水尾克哉。

あの男だった。

子宮を摘出したあの男の妻がこどもを望んでいるというのだ。

「どんなご夫婦でしたか？」

私はさりげなく社長夫人にきいてみた。感情を殺すことに注意しながら。

「すごくいいご夫婦だったわよ。こちらにも深く愛し合っている感じが伝わってくるような」

病気を契機に夫婦は「別の夫婦になった」とはわかっていたが、そんなにも仲良くなっているのだろうか。

私が知っていたときの彼はほとんど妻の話はしなかったが、たまにその話題になったときはいつも顔をしかめていたような気がするのだが。

「ぜひとも協力してあげたいけれど。検索してもなかなか見つからないわね。みんな本当に日本人のシャイなところがわからないみたいね」

「私、やります」

私は言った。

私が協力するのだ。

「えっ、マリコさん。本気だったの？」

「ええ、もちろん」

私が産むのだ。

彼のこどもを。
彼と妻のこどもではない。
彼と私のこどもを。
そして夫婦は、彼の妻は私の産んだ子を育て続けるのだ。
そのくらいの復讐、してもいいではないか。
私のあの三年間はそのくらいの報《むく》いがあっても良い。
彼と私に似たこどもの顔を見たい、というのもあった。
私はまだ彼を愛しているのだろうか、それともただ憎んでいるだけなのだろうか。
そのあたりは自分でも判然とはしなかった。
ただただ私は彼のこどもが産みたかったのだ。

3

渋《しぶ》っていたスタッフを納得させるのは難しかったが、結局、いい時期に代理母になってくれる人が見つからなかったこともあって、水尾夫妻のこどもを産むのは私になった。
私は母体としてはけちのつけようがない。

若くて健康だし、英語で医療スタッフともコミュニケーションがとれる。説明を聞かなくても代理母という仕事がどういうものなのかはわかっている。私はいつもやっているように事務的に水尾夫妻にタイプライターで手紙を書いた。代理母が見つかったこと、それは若い日系人の健康な女性で、何も心配することがないこと、を。

あとは提携している日本の病院で精子と卵子を採取してもらい、窒素で冷凍保存してこちらの病院に送ってもらって、彼らはじっと待つだけである。

残された私の仕事はどこでどうやって、彼の精子と私の卵子とを合体させるか、だった。私の卵子と彼の妻の卵子を入れ替えることはほとんど不可能に近い。いろいろ考えた末、私は検査技師のジェフを抱き込むことにした。それ以外に方法はない、と思ったからである。

ジェフと私は親友だった。青い目をしたジェフは既婚者だったが、とてもいい人で私の相談にいつも乗ってくれていた。

彼は私にいくばくかの愛情や欲望もあったのだろうが、敬虔《けいけん》なクリスチャンの彼には浮気なんて思いもよらないらしく、いつも紳士的な態度で私に接してくれていた。

「そんなことできないよ」

私の持ちかけた話を聞いたとき、即座に彼はそう返事した。

当たり前の反応である。

医療従事者としてもそうだし、クリスチャンとしてもそうだろうし、そんなこと関係なくてもまともな人間としては普通の反応だった。

「でもね、その男は『彼』なのよ」

私の言葉にジェフは黙り込んだ。

私はジョッキの中に残っていたビールを飲み干した。

ジェフは私の恋の思い出を何度も何度も聞かされてきた。

そしていつも、

「きみのしたことは決して無駄ではないよ、マリコ。愛したことも間違いじゃなかった。ただ一緒にはなれない運命だったんだ。彼の奥さんが病気になったことは気の毒だったけれど、それをきっかけに彼らの夫婦仲が良くなったのだったら、きみは喜んであげるべきだよ」

私がまだ気持ちの整理がついていなくて涙を流したりしたときに、ジェフはいつもそう励ましてくれたのだ。

ジェフはタバコも吸わず、酒も飲まず、コーヒーだけでただただ私のことを励まし続けてくれた。

ジェフのいう「愛」というものは本当に愛なのだろう。

だけど私の愛は限りなく欲望に似ている。醜《みにく》い気持ちにそっくりだ。

そんなこと自分でもわかっているが、どうしようもできない。

私は彼のこどもを産みたいのだ。

そして彼と妻とのこどもがこの世に存在するなんてこと、許せないのだ。それは間違いなのだから。

「愛しているなら彼の幸福を望むべきだよ。マリコ」

苦しそうに彼は言った。

「あなたのいうことはもっともだと思うわ。でも、私にはどうしてもそう思えないんだもの」

私は言った。

私にだけはこの言葉は言っても許されるのだ、と思いながら。

私は充分に愛し、苦しんだ。本当に。

「お願い」

私は言った。

こんなことはもちろん犯罪である。

「考えさせてよ」

ジェフは言った。

私は確信していた。

あれだけの苦しみを見たジェフが断ることなんてできないことを。

「あなたの信じる神様もこれだけは許すと思うわ」

私は言った。

九カ月は夢のように過ぎた。

誰のこどもでもかまわない、今、私のお腹にこどもがいる、と思うと嬉しくてたまらなかった。

私は生まれて初めてもう自分は孤独ではなくなった、と感じた。

「ね、マリコさん、そんなに一所懸命にならないで。その子はあなたの子ではないのよ。あなたが育てられるわけでもないし、あなたの遺伝子を持っているこどもでもないのよ」

と社長夫人にあらためて注意されるほどだった。

「わかっています。私はプロですから」

などと返事しながら、だって私のこどもだもの、と私は心の中でほくそ笑んだ。

女の子だとうれしい、と思ったが、彼に似ている男の子もかわいいだろうな、と夢は広がった。

妊娠経過は順調で、私は臨月までオフィスに出て仕事をした。

私は自分のポラロイド写真を送ったが、いつも目のところには黒線を入れるようにした。

それでも彼ら夫婦はそんなことは気にならなかっただろう。

きっとお腹ばっかりに目がいって、私の容貌やら私の年齢やら私の生い立ちになど興味を持つわけはない。

代理母の不満もいつもそうしたことで、

「妊娠中に依頼した夫婦に会っても、彼らはお腹に向かって『元気でね』とは言うけれど、決して私に向かっては言ってくれない」

と涙を流すこともあるくらいなのだから。

日本人夫婦に対する代理母はやはり見つかりにくくなっていたので、もう彼ら以降、日本人夫婦への斡旋はほとんどなくなっていた。

私はジェフに感謝したし、このチャンスを与えてくれた神にも感謝していた。

妊娠するとはなんて快適な感覚だろう。

九カ月で終わるなんて本当にもったいない。

だんだんお腹が下がってきて、私がそう思い始めたころ、ジェフがいなくなったということを聞いた。

社長が黒い髪を掻《か》きながら、

「ジェフが使い込みが発覚しそうになって逃げたらしいよ」

と言ってオフィスにはいってきたとき、私は全く信じられなかった。

ジェフに限ってそんな不正をするわけがない。

ジェフがいなくなった理由はただひとつ、私の「不正」を請《う》け負《お》ってしまったからだ。

まじめなジェフは良心の呵責《かしゃく》に耐えられなかったのだろう、と私は思った。

そのとき私の目の前の電話が鳴った。

「水尾です」

理知的な女性の声は東京からの国際電話だった。

「そろそろ出産の日が近づいていますよね？　できたら立ち合いたいと思っているんですけど」

「えっ」

私は少し動揺した。

確かに出産に立ち合いたがる依頼主は多いが、彼らのリクエストはきいてなかった。

「急なんですけど主人も休みがとれることになりましたので、立ち合いたいと思いまして。大丈夫ですよね」

「ええ。大丈夫です」

そう言いながら私は困った、と思った。

私を見た水尾はいったいどう言うだろう。

彼は恐らく私の意図を察するにちがいない。

「その代理母のかたは日系人ですよね」

「はい」

「日本語がしゃべれる人ですか？」

「ええ。しゃべれますよ」

だって私なのだから、と内心思いながら私はできるだけ冷静に返事をした。

「じゃ安心だわ。いろいろお礼も言いたいし」

「そうですね」

私はだいたい二週間後が予定日だと伝えた。

「では一週間前くらいから参ります」

水尾の妻は言った。

本当に水尾夫婦は何年か前まではいつ離婚してもおかしくないような関係だったのだろうか。

それとも私だけが勝手にそう思い込み、だまされ続けていたということなのだろうか。

4

応接室に夫より一足早く入ってソファにすわっていた水尾の妻は痩《や》せていて背が高く、私が想像していたより老けていた。

しかし勝ち気そうな顔は美しく、黒目がちな目はきょろきょろとよく動き、私は彼女を嫌いだとは思えなかった。

「ずっと抗ガン剤を使っていたんですけどね、おかげさまで最近は調子が良いんですよ」

と彼女は社長夫人に言った。

「本当にありがとうございます。でもなんだか良かったわ。べつにアメリカ人がいやだというわけではないけれど、日系の方なら親近感もわきますし、こうして何でもお話ができるんですもの」

彼女は私に断ってから、私のお腹を触った。

その瞬間、タイミング良くこどもが動いた。

「あら、私がわかるのかしら。あなたのママよ」

彼女は私のおへそのあたりに向かって声をかける。

私は思わず声を出して笑いたくなる。

それは「あなた」のこどもではないのよ。

「私」と「あなたの夫」のこどもなのよ、と。

「順調そうですね」

「ええ。とても」

私は言った。

初産《ういざん》でこんなに体調のいい人も珍しいですよ、と医療スタッフに感心されるぐらいに私も胎児も順調だった。

「ご自分のお子さんは持たれるつもりはないんですか？」

遠慮がちにきく彼女に私は答えた。

「機会があればそのうち産みたいんですけどね」

と。

本当はもうすぐ自分自身のこどもを産むのだ。あなたの夫とのこどもを。

私は突然、いつかテレビのドキュメンタリー番組で見たカッコウのことを思い出した。

カッコウという鳥は自分では産んだ卵を育てず、他の鳥の巣に入り、その卵を落として壊したうえに自分の卵を産み付けるのだ。

しかし私の場合、巣は私の子宮なのだから、私の卵を育てるのは当然だと思ったけれど。

私は彼と何度セックスしただろう、と考えた。

何回も何回も、きっとこの夫婦がした数より多いほど、三年の間に私たちは求め合った。

何か目に見えないものを確認するように、お互いの体の隅《すみ》から隅まで私たちは知っている。

いつだって私は今夜を最後にしよう、と思いながら抱かれていた。

そしてその今夜が永遠に続くことを祈っていた。

どうして終わりがあるのだろう、と行為のあと私は必ず思った。

処女でもないのに毎回、ふさがっていたものに穴をあけられたような気持ちでいた。

あいた穴は一晩中、私を責め続けた。

私はひとりなのだ、と。

穴があいたのは胸にだ。

どうしてずっと一緒にいられない男に神様は巡り会わせたのだろう。

どうして「愛している」はずなのに、「嫌がらせ」とそっくりなことを考えてしまうのだろう
私は、ということに苦しみながら私は三年、過ごしたのだ。

そして今は「嫌がらせ」でいいではないか、それも私の愛情のかたちなのだから、と思っている。

「どちらが欲しいですか？」

私はきいてみた。

「元気ならどちらでも」

と彼女が言った瞬間、

「遅くなりました」

とドアが開いた。

懐かしい愛しい顔がそこにあった。

彼は最初、妻を見、ドアのそばに立っていた社長夫人を見、そして私の腹を見た。

腹への視線は上にあがり、ついに私と目が合った。

「あなたが」

と彼が言ったのと、彼の妻が、

「こちらが」

と言ったのはほとんど同時だった。

「マリコさん」

彼は頭を下げた。

「今回は本当にお世話になります」

彼は少し老けたようにも見えたが、あいかわらず優しげな笑いを浮かべていた。

それからしばらく私たちは当たり障りのない話をした。

確認した項目は結局、十三日が予定日だが、陣痛が始まったら彼らのホテルに連絡することである。

私は彼に、あなたと私の子よ、と言いたくてたまらなかった。

彼も私に何か話したそうだったので、私は社長夫人と彼の妻が書類を覗き込んで話している隙に、

「ホテルにあしたのお昼、電話します」

と小声で言った。

その声も、

「本当に楽しみね。もう嬉しくて嬉しくて」

という彼の妻のはしゃいだ声にかき消されていったけれど。

私たちは現地のものしか来ない小さなイタリアンレストランで待ち合わせをした。

「奥さんは？」

という私の問いかけにサングラスを取った男は、

「ショッピング。きっとブランド物を買い込むんだよ」

と言った。

彼はあれからの話を少しした。

もう妻は回復している、ということと、自分はそれほどこどもが欲しかったわけではないけれど、あれだけ妻に熱望されたら断ることができなかった、ということを。

それから私に言ってはいけないことを言った。

自分はなんて馬鹿なことをしてしまったのだろう、きみと別れるなんて、と。

ずっと後悔し続けていたが、きっと許してくれないだろう、と思っていた、とも。

「家にも行ったんだよ。そしたらとっくに引き払って外国に行ったらしい、という噂を聞いた。まさかこんな仕事をしているなんて」

「こんな仕事ははじめてよ。いつもは事務方だけど今回だけ代理母になることを引き受けたのよ」

代理ではないけれど。

鼻の形をみているうちに触りたい、と思った。

思ったとたんに手が伸びて私は彼の顔を撫《な》でた。

「今、好きな人はいるの？」

ビールを飲みながら彼はきいた。

「好きな人がいたらこんなことすると思う？」

「お金に困ってたの？」

「お金に困ってるくらいで妊娠する女なんてこの世にひとりもいないわ」

私は何度も言おうと思った。

あれからずっと好きだったのはあなただけだ、と。

「なんでまたこんなことを」

彼のせりふはもっともだ。私はオレンジジュースを飲み干して言った。

「あなたのこどもが産みたかったからよ」

「だったら普通に産めば良かったじゃないか」

そんな言葉、聞けると思わなかったもの。

「あなたは奥さんとふたり、仲良く生きていって、私なんかどうでもいいと思っていたから」

「どうでもいいと思っていたら、ずるずるするさ」

私はずっと黙っていた。胸が詰まって話せなかったから。

憎いような気持ちもどこかにあったが、愛しい気持ちもどこかにあった。

「あなたのこどもよ」

私は言った。

「あなたと私のこどもよ」

と。

5

臨月の妊婦を抱く男は何人いるだろう。

私たちはセックスはしなかったけれど、添い寝をした。私の部屋で。

彼は私の言ったことを、最初、全く信じなかった。

自分と私の遺伝子を持ったこどもが生まれてくることを。

「嬉しいよ」

彼は言った。

嘘なのかもしれない、嘘でもいいではないか、と私は思った。

こっちに来てから誰かとベッドに横になったことはない。

「あなたとベッドに入りたいと何度も思ったけれど、こんなおへそが裏返っちゃうほどお腹が出ているときなんて皮肉なもんだわ」

私は言った。

彼は何度も私の髪を撫でた。百回も二百回も、千回も。

「逃げようか」

彼は言った。

「逃げるのは無理でも一緒に暮らそう。こどもと三人で」

「そうね」

私は高い天井を眺めながら大きな息を吐いた。

それが一番、自然ではないか。

「私と彼との子」を「私」と「彼」が育てるのは何も不思議ではない。

これは托卵ではなく、当たり前のことなのだ。

私の好きな人との私の卵、それを私の巣で育てたのだ。

アメリカでふたりならやっていけるかも知れない。

「逃げるとしたらたった一日しかないわ」

初乳を与えるために一日目は私とこどもは一緒にいられることになっているのだ。

「出産の間中、付きっきりでそばにいるだろうから、病み上がりの妻は疲れていったんはホテルに帰るだろう。そのときしかないな」

「じゃそれまでに住むとこを用意すれば。それがちゃんと決まるまでパームスプリングスとかのモーテルにしばらくいたっていいわ」

産んだ子を手放すのがいやで逃げる代理母がいて裁判になっているケースも聞いたことがある。

「探しておくよ」

彼の言葉に私は自分の車のキィを渡した。


それから一週間、彼ら夫婦は時々様子を見にやってきたが、表面的には何の問題もなかった。彼は必ず私の携帯電話に一日一度は連絡をくれた。ラスベガスまでは行かないが、近くにいい場所を見つけた、と。

私は三日前から病室に入った。

アメリカでは日本ほど妊婦を特別なものに扱わないので、みなぎりぎりまで家にいることが多いが、私の場合は自分ひとりのこどもではないので大事に大事をとって、ということで入院したのだった。

「ね、マリコさん。こんなときにあなたにショックなこと、言いたくないけれど」

社長夫人の話では海から引き上げられた車にジェフの遺体があったのだ、という。

「金銭問題で悩んで自殺したのかしらね。そうは見えなかったのにね。それとも本当にただの事故かしら」

遺体は原形を留めていなかったが、髪だけが不思議と美しい金髪のままだった、という話だった。

私はずっと黙っていた。

彼はやはり良心の呵責に耐え切れなかったのだろう、と思ったからだ。

顕微鏡を覗きながら、彼は私の卵子に水尾の精子を細い細い針で注入したのだ。

「だってあんなに苦しんだのよ、私は」

私は言った。

「わかっているよ。そのことは僕も知っている」

ジェフは結局、私の言うことを聞いてくれたのだ。

「きみの苦しみは神様も知っているよ」

と言いながら。

私はこのことについては後悔していなかった。

現に今、私は「生」を感じている。

私と彼とのこどもがまさに産まれようとしているのだ。

6

陣痛が来て三十時間目に女の子が産まれた。

ふらふらになりながらも初乳をあげたが、線の細い子だな、と思った。

赤ん坊は猿のようだとは良く言われるが、この子はそれほどくしゃっとしていない。

目鼻立ちのはっきりしたかわいらしい子だ。

彼よりもどちらかというと私に似ている。

今日一日、水尾の妻が、あるいはここのスタッフが気が付かなければ良いが、と祈るような気持ちだった。

こどもにたいしては愛しさよりもほっとしたような気持ちのほうが大きかった。

こちらでは日本のように産後一週間、入院する、ということもなくて問題がなければすぐに退院してください、というスタンスである。

私の場合は特別に今日一日、こどもと一緒にこの個室でいられることになった。

表向きには明日の昼に水尾夫婦が迎えに来る、ということになっている。

付き添いの女性に体をふいてもらい、私は部屋でゆっくりと食事をした。

眠いのとお腹がすくのとおっぱいをあげるので、ふらふらだったが深夜零時にこの子を抱えて病院の裏口に出なくてはならない。

私は壁にかけられた時計とこどもの顔とを代わる代わる眺めていた。

夜八時ごろ、社長と社長夫人がねぎらいにやってきた。

社長は英語で、

「ごくろうさま。ありがとう。別れるのはつらいだろうけれど、仕事だからわりきって。わかっているだろうけれど」

と言った。

私はそのかたわらに立つ社長夫人の顔を見て、何かただごとではないことが起こったのか、と思った。

彼女は青ざめた顔のまま、日本語で言った。

「ね、その子についてちょっと変な噂を聞いたんだけど」

私と彼の子であることが何らかの弾《はず》みにばれたのだろうか。

まさか。

私から卵子を取るのはきちんと書類を作り他の病院でジェフが自ら立ち合った。ばれるわけはない。

日本から送られてきた冷凍保存した彼の精子とそれとを結合させたのもジェフだ。間違いなんかおこるわけはない。

まだこんな産まれたばかりの赤ん坊の顔を判別することもできないだろう。

「蒙古斑《もうこはん》がないのよ。アジア人の子なのに」

アジア人の子には必ずあるお尻の青アザがない、というのである。

「まさかなんかの手違いで白人の子ってこと、ないわよね」

「ないですよ」

私はあっさりと否定した。

「そうね。きっと蒙古斑がないこともあるわよね。ごめんなさいね、変なこと言って。じゃあ、また明日のお昼に」

社長と社長夫人が差し入れてくれたケーキの箱を眺めながら、私は時の経つのを待った。

零時五分前に私はすやすや眠るこどもをくるんだままそろそろと階段を下りた。

スリッパを脱いで裸足《はだし》で、布製の手提《てさ》げカバンの中に靴を入れて。

裏口の前に私の赤のトヨタが待っている。

私は彼の方に向かってそろそろと歩いていた。

ヘッドライトに照らされて、驚いたのか小さな泣き声を上げた娘の顔を私は覗き込んだ。

まだ産毛《うぶげ》のようなやわらかな髪が金に光ったように見えた。

「きみの苦しみは神様も知っているよ」

水尾の運転する車の助手席のドアを開ける瞬間、声が聞こえたような気がして、私は思わず真っ暗な空を見上げた。

犬《いぬ》恋《こい》

加門七海

（かもん・ななみ）

東京生まれ。多摩美術大学大学院修了後、美術館の学芸員を経て『人丸調伏令』で小説家デビュー。歴史オカルト・エッセイ『平将門は神になれたか』や風水学を駆使した『東京魔方陣』の他、『晴明。』『蠱《こ》』『おしろい蝶々』『大江山幻鬼行』（祥伝社文庫）『環蛇銭』など伝奇ロマンで活躍する。

警報機が鳴り始めた。

遮断機が即座に下がってくる。

頭上の高架では、山手線《やまのて》が素晴らしい轟音《ごうおん》を立てている。道を横切る踏切にも、すぐに電車は来るだろう。

恐怖に顔をひきつらせ、ブルーのスカートを穿《は》いた少女が自分の足を引っ張っていた。線路にヒールが挟まって、少し前から藻掻《もが》いているのだ。

靴なんか脱げばいいだけだ。鉄の塊《かたまり》に轢《ひ》かれてまで、守りたいものでもないだろう。少女もそれはわかっている。

しかし、靴は脱げなかった。ロングブーツを履いているから。

黄色と黒のだんだらの遮断機の外で、悲鳴が上がった。少女は虚《うつ》ろな眼差《まなざ》しで、自分の足を見つめるばかりだ。あと少しで、遮断機は完全に下りてしまうだろう。

僕はとっさに飛び出した。目の前で人の轢死《れきし》を見るなど、冗談じゃないと思ったからだ。

幸い、少女は僕よりも随分、細く、軽そうだ。僕は遮断機を潜《くぐ》りざま彼女を抱え、思い切り挟まった足を蹴《け》飛ばした。

少女の小さな悲鳴と共に、ヒールが折れ、足が自由になった。それで、もつれ込むように、僕達は踏切の外に飛び出した。アスファルトに尻がつく。支えた手が擦《す》れて、痛みが走った。座り込むふたりの眼前を、何事もない顔をして通勤列車が過《よ》ぎっていった。

ふたり同時に、吐息が洩《も》れた。息がさすがに乱れている。彼女は真っ青な顔をして、ガードレールで体を支えた。

今のショックで貧血を起こしかけているようだ。

「ありがとう」

ジーンズを払って立つ僕に、彼女は震える声を放った。僕は小さく首を振り、少女が随分と愛らしい容姿をしているのに気がついた。男なら誰でも憧《あこが》れる、上品で清楚な雰囲気だ。僕は一瞬、状況も忘れて、彼女に見入ってしまった。

「ありがとう」

もう一度、少女はか細い声を出す。心からの感謝の籠《こ》もった声だ。決して、悪い気はしない。

遠巻きにした野次馬の視線を受け流しながら、僕は彼女同様にガードレールにもたれかかった。

「足、捻《ひね》っちゃった？」

「少し」

「ごめん」

「いいの。あなたこそ、怪我《けが》しなかった？」

「大丈夫だよ」と答えると、だんだらの遮断機が上がっていった。滞《とどこお》っていた見物人が気ぜわしげに歩き始める。そののち、事情を知らない人々が影のように流れていった。

僕はヒールの折れてしまった彼女のブーツを見下ろした。

「これから、デートか何かだったの」

出てきた言葉は、親父臭い。言うなり、僕は後悔したが、彼女が気づく様子はなかった。

「友達と会う約束してるの」

「行ける？」

「大丈夫よ。だけど」

情け無い顔で、彼女が微笑《ほほえ》む。そのブーツで、目的地まで歩くのは厄介なことだろう。僕は顔を上げ、新宿への道に顎《あご》をしゃくった。

「あそこ、デパートだろ。靴を買ったら」

「そんなに、お金、持ってないもの」

「貸してやるよ」

そう言うと、少女の瞳にわかりやすい警戒の色が現われた。

「怪しい男ではありません」

僕は大仰に手を上げて、

「お金はちゃんと返してもらうし。君の都合のいいときに、あそこの喫茶店でどうだろう」

斜め前の店を指差した。

正直、踏切を越えたときより、僕の胸はドキドキしていた。劇的な出会いに、再会の約束——恋愛ドラマのプロローグみたいだ。しかも、彼女は充分に主役を張れる容姿をしている。配役に不満があるとしたなら、僕自身の身の上だ。しかし、

「わかったわ。じゃあ、来週のこの時間でどうかしら」

彼女は、はっきり頷《うなず》いた。

「そうしよう」

ポーカーフェイスを装《よそお》って、僕はポケットから財布を出した。幸い、一万円札と小銭が少し入っている。その札を彼女に手渡して、僕は颯爽《さっそう》と歩き始めた。

「私、望月《もちづき》美佳《みか》っていうの」

背中を声が追ってきた。

「また、来週ね。ありがとう」

弾《はず》んだ声が、可愛らしい。僕はちらりと振り向いて、すっかりにやけてしまった顔を悟られないうちに、視線を戻した。

踏切を渡り、高架を潜れば、代々木《よよぎ》方面に出ることになる。本当言えば、今日の用事は新宿での買い物にあったのだ。しかし金もなくなって、格好良く彼女と別れた今、そちらに足は向けられない。用事を済ませるといった点では、まったくの無駄足になったわけだが……僕の足取りは軽かった。

鼻歌が出そうになるのを堪《こら》えつつ、僕は代々木から電車に乗って、まっすぐ自宅に帰っていった。


居間に入ると、姉が紅茶を飲んでいた。

「早かったのね」

彼女は僕を認めると、見透《みす》かしたような顔で笑った。

長い黒髪と怜悧《れいり》な顔が印象的なこの姉は、僕より四歳年上で、僕の一番の苦手であった。

嫌い、というわけじゃない。だが、彼女の言動はいつだって、僕を戸惑わせてばかりいる。

姉はいわゆる霊能者であり、占いを生業《なりわい》としているのである。今日も出掛ける直前に、彼女は僕に言っていた。

「今日は買い物ができないから、日を改めたらどうかしら」と。

幼い頃から、彼女には不思議な力が宿っていた。見えないものを見えると言い、気配もない事件を予知した。

クラスメイトが事故で死ぬこと。父が出張先で、浮気をすること。去年、僕が受験に失敗すること。

無論、彼女の口から出るのは悪い事ばかりではなかったが——事実、一浪の後、大学に入れると彼女は告げて、そのとおりになったのだが——人生すべてに干渉してくる姉の態度は、肉親にも知人にも、気味悪がられて疎《うと》まれた。

ゆえに幼い頃の彼女は大層、孤独そうだった。しかし、彼女は自分の力を忌避《きひ》するどころか磨きを掛けて、その道のプロになったのだ。

現在、姉はオフィスを構えるほどの人気占い師だ。姉の人生の選択は正しかったと見ていいだろう。けれども頼みもしないのに先回りをして、あれこれ口出しする姉は、僕には小姑《こじゅうと》そのものだ。何かというと、霊の仕業や因果を言うのも嫌だった。

「悪いことばかりじゃなかったよ」

負け惜しみも手伝って、僕はわざと鷹揚《おうよう》に姉の前に腰を下ろした。

浮気性だった父と離婚し、母はパートで働いている。僕達の家族団欒《だんらん》は大概、姉弟のみだった。疎ましいと言いつつも、多分、僕達は一般の姉弟よりは親密だ。その時間の大半は、姉のお節介の餌《えさ》になる僕の話題に集中したが――これも、二十年近いつきあいだ。さして、抵抗は感じなかった。

大体、占い師というものは、話を聞き出すのがうまい。やんわり問いかけてくる姉に、僕は今日の顚末《てんまつ》を話した。姉とて、未来の百パーセントを把握しているわけじゃない。踏切での活躍を話すと、彼女は驚愕《きょうがく》を隠さずに赤い口吻《こうふん》を尖《とが》らせた。

「人助けはいいけれど、あなただって危ないじゃない」

「今年、死ぬ運はないってさ。正月に姉貴が言っていたんだぜ」

切り返すと、姉は面はゆいような顔をした。

姉の言葉を信じる素振りを見せるたび、彼女はひどく嬉《うれ》しげになる。その顔こそが、悔しさ半ばの反抗心に繫《つな》がることを、彼女は気づいてないらしい。もっとも、僕自身、良い占いなら信じるという曖昧《あいまい》な気持ちの持ち主だから、そうそう強くは言えないのだが……。

「それで？　彼女とのデートはいつよ」

長い髪を耳に掛け、姉は紅茶を一口啜《すす》った。

「デートじゃないけど。会うのは来週の今日なんだ」

「来週」

姉は視線を宙に据え、

「あまり日がいいとは言えないわ。トラブルを起こさないように気をつけるのね」

「また、そういうことを言う」

「大丈夫よ。今年、死ぬ運はないからね」

声を出して、彼女は笑った。

(まったく)

だから、憎らしいんだ。

肩を竦めて、僕は黙った。

席を立ち、姉はコートを羽織《はお》る。平日、彼女の顧客らは夕方以降に集中する。夜のほうが霊感も働くという話だが、日暮れを待って出掛ける姉は水商売と変わりない。

僕は姉を見送った。

来週の今日が何となく、不安なものになってきた。

待ち合わせをした喫茶店は、セルフサービス形式の窓の大きな店だった。

時間は三時を回っている。三月半ばのこの時期は、学生ならば誰もが休みだ。予備校が近いせいもあり、店内は僕と大差ない年頃の男女で賑わっていた。

コーヒーを一杯飲み終わり、僕は何度も腕時計を見た。はっきり、時間を決めたわけではない。けれど、望月美佳の訪れは少々遅いようだった。

(知らばっくれられたのかも知れない)

段々、不安になってきた。格好付けて金を貸したはいいものの、僕は彼女の住所も知らない。一万円を握ったままで、消え失せることは簡単だ。考えてみれば、お金など貸す必要はどこにもなかった。近くのキャッシュ・ディスペンサーで金を下ろせばよかったのだ。

日が悪いと告げていた姉の言葉が蘇《よみがえ》る。これで、彼女が来なかったなら、姉はまたも、独特の薄笑いを浮かべるだろう。

知らず、貧乏揺すりをしていると、背後から女の声が掛かった。僕は慌てて振り返り、驚きで目をしばたたく。

女は女でも、まるっきり見覚えのない女性の姿だ。

惰性で伸びたようなロングヘアに、ニキビの目立つ丸い顔。少女趣味な服装は、彼女なりのお洒落《しゃれ》だろうが、それは太った肉体を余計に目立たせるだけだった。派手なセーターの上に羽織った、フェイク・ファーのコートが汚らしい。そして何よりも、濁ったような両眼の色が気味悪かった。

いずれにしろ、見たこともない。知り合いにもなりたくない。

気を削《そ》がれたこともあり、気がつくと僕は思いきり不愉快な顔で女を見ていた。女はそれに怖《お》じもせず、肉厚の大きな口を開いた。

「あなた、この間、女の人を助けてたでしょ。すごく格好良かったわ」

どうやら彼女は先週の今、僕らのすぐ側にいたらしい。あの野次馬の中にいて、それで、僕を覚えていたのだ。

カッコイイと言われれば、悪い気がしないのは確かなことだ。僕はとりあえず、ありがとう、と、返した。

女は僕からの答えを得、恥ずかしそうに体を捩《よじ》る。そして、花のプリントされたセーターの端を引っ張った。

「私、横田淑子《よこたとしこ》って言うの」

「へぇ」とか、僕は答えたはずだ。女はそれに不服を見せて、覗《のぞ》き込むように体を折った。

「名前は？」

突然近づいた女の顔に、僕は身を退き、口ごもる。

「丘野《おかの》、だけど」

「丘野君」

女は味わうように繰り返し、

「よろしくね」

奇妙なまでに馴れ馴れしい笑顔を浮かべた。

「はぁ……」

何だか、変な感じだ。こういう場合、どのように対応するのが賢明なのか。彼女は僕を勇敢なヒーローと思っているらしい。それ自体は、僕の心を小さくくすぐってくるけれど、この女の親密感は妙に不自然で、不愉快だ。

思わず黙り込む視線の先に、待ちかねた美佳の姿が見えた。瞬間、隣りにいる女も忘れて、僕は大きく手を振った。

遅れたために小走りになり、彼女が側にやってくる。ここまで駆けてきたのだろうか、鼻の頭を赤くして、すっかり息を切らせている。

横田と名乗った女の気配が、無言のまま、すっと退いた。美佳は女に目を遣《や》って、不思議そうな顔を作った。

「君を待ってたら、急に話しかけられちゃってさ」

言い訳混じりに呟《つぶや》くと、彼女の眉尻がハの字に下がった。

「遅くなって、ごめんなさい。出掛けにちょっとバタバタしちゃって」

「いいよ。ちゃんと時間を決めたわけじゃないんだし」

「でも、待ったんでしょう」

言いながら、彼女は気ぜわしく財布を出すと一万円札を取り出した。

「これ。どうもありがとう」

律儀なのは有り難い。けど、この調子だと、このますぐに帰ってしまいかねない感じだ。金を財布に仕舞いつつ、とっさに僕は聞いていた。

「何か、飲む？」

「あ。買ってくる」

美佳は座りかけた腰を浮かせた。

良かった。そんなに敬遠されているわけでもないらしい。カプチーノを載《の》せたトレーを持って、彼女が落ち着くのを待ってから、僕は改めて自己紹介をした。

「丘野武史《たけし》。四月から大学生になる」

「私は来年、受験なの。今は予備校の春期講習に通ってるんだ」

話してみると、そんなにお堅い感じはなかった。僕はその気軽さが気持ち良くて微笑んだ。

美佳はカプチーノに口をつけ、やや早口で言葉を続けた。

「この間はショックで、ぼうっとしちゃって……考えてみたら、お金は銀行に行けば良かったんだし。それに、丘野君、ものすごい危ないことをしたのよね」

「大丈夫だよ」

僕は頷く。

「何が」

「今年、死ぬ運はないんだって」

彼女に負担を与えないよう、とっさに選んだ台詞《せりふ》であった。が、聞いて、美佳は奇妙なことを言う奴だという顔をした。慌てて、僕は付け足した。

「姉が占い師やってんだ」

「へぇ」

途端、彼女の瞳が輝く。僕は失策を犯したことに、心の中で舌打ちをした。

女性は総じて、占いが好きだ。そして、占い師の情報には大概、食らいついてくる。

僕は過去、つきあっていた彼女に姉を紹介し、うまくいかなくなった経験がある。

──僕に会うのは、姉に観てもらうついでなのかよ。

そんな台詞を突きつけて、僕は当時の彼女と別れた。

姉に客を紹介し、占いが当たると喜ばれるのは、悪い気分はしない。けど、好感を持った異性を姉に紹介することには躊躇《ちゅうちょ》があった。

──この恋愛は互いに稔《みの》りをもたらさないわ。告白は考えたほうがいい。

紹介した女友達に、姉は告げたことがある。後日、その子が好きだったのは、ほかならぬ僕だったと知らされた。……そんなことも、以前にあった。

僕は思った。その沈黙を余所《よそ》にして、案の定、美佳は身を乗り出した。

（失敗したな）

「お姉さん、どんな占い師なの？」

「そういうの、君、興味あるんだ」

僕の口調がやや醒《さ》めた。その熱を吸収したごとく、彼女の声には熱が籠《こ》もった。

「だって、そういう機会って滅多にないもの。どのくらいで観てもらえるの？」

「内容にもよるらしいけど。どんなことが知りたいの」

聞くと、彼女は首を傾げて、少し口ごもるように、

「受験とね。恋愛運かな」

照れたような笑顔になった。

その時の笑顔の愛らしさ。僕はそれを見た瞬間、美佳への気持ちが「イイ感じの可愛い子」から、もっと熱っぽいものへ移行するのを意識した。が、恋愛運を知りたいという彼女にはもう、彼氏がいるのかも知れない。大体、このくらい可愛いのなら、男がいないほうが不自然だ。追及したい気持ちを抑えて、僕は呼吸を整えた。

「今度、聞いてきてあげる。予約制だから、時間も確かめなくちゃ」

今は彼女と会える時間を確保するほうが先決だ。僕は携帯電話の番号を聞き、連絡をすると約束した。

そして、たわいないお喋りをして、僕と彼女はその日、別れた。

特別講義に出るという彼女の背中を見送って、

「受験だものなぁ」

僕は何かへの言い訳をするようにひとり、呟いた。

彼氏の有無より、受験のほうがつきあうには大きな障害だ。何かいい手はないものか――。肘をついて考えていると、背中に奇妙な緊張が走った。

振り向いてみる。と、先程、声を掛けてきた女が僕を凝視していた。まさかずっと、僕達のことを観察してたのか。

微笑み。

僕は目を逸らす。

(嫌な感じだ)

ほの甘い余韻が急激に、嫌悪感に取って代わった。

そんな記憶のせいであろうか。

気配は、背後からやってきた。

返してもらった一万円で目当てのリュックを購入し、僕は夜に自宅に戻った。暮れてののちの住宅街は空気がしんと静まって、人の気配すらも希薄だ。道の両端には、ぽつぽつと街灯が点っているだけで、それが余計、道筋の寂しさばかりを強調してくる。

賑やかな繁華街から戻ってくると、沈黙は殊更《ことさら》、際立ってくる。僕が背後に気配を得たのは、そんな空気を味わって、もう少しで家に着く——まさに、その瞬間だった。

最初、わけもわからずに、僕は後ろを振り向いた。暗い一本道の向こうに、見えるものは何もない。僕は正面に向き直り、再びわけのわからない不安を感じて戦《おのの》いた。

誰かの視線を感じるのである。

近づいてくる気配も感じる。

足を留め、耳を澄ましても、特別な音は何もない。それでも、背中に貼りついた不安の消える気配はなかった。

突然、ゾッとする思いに駆られ、僕は小走りに駆けだした。後ろを見る勇気はなかった。もう一度、見て、何かがいたら、悲鳴を上げるに違いない。背後の気配はそれほどに、明確な恐怖を伴っていた。

逃れるように道を曲がって、自宅のドアに手を掛ける。開く。明かりが目に眩しい。僕は居間に駆け込んで、ホッと大きく息を漏らした。

母がいた。姉は、いない。彼女が僕を見たならば、絶対に何か言うだろう。言われれば、僕はきっと気にする。

(気のせいだと言ってくれるなら、別に構わないんだけど)

多分、確率は半分以下だ。ならば、聞かないほうがいい。

不可思議な姉の能力を殊更、警戒してしまうのは、僕自身がそういった物事に縁がないからだ。占いや予知の能力はもちろんのこと、生まれてこの方、幽霊らしきものも感じたことはない。

だから、見極めもつかないし、その分、無闇に脅えるのである。

気配は既に消えていた。あれは夜道の寂しさゆえの、気の迷いだったに違いない。

——僕は思い込むことにした。

朝が来れば、気も紛《まぎ》れよう。それより考えるべきは、どうやって、美佳のことを姉に言うか、だ。

(これこそ、一番の問題だ)

僕は心を余所に移した。しかし、熱い紅茶を飲んでも、背中は寒いままだった。

美佳が姉の許にやってきたのは、次の週の日曜だった。

彼女は親しい友人とふたりで、鑑定のアポを取ってきた。友達と共に来たというのは、やはり僕への警戒が解けていないせいだろう。なぜなら、今日の鑑定は自宅で行なわれるからである。

「ここのところ、予約が一杯なんだって。だから、もし良かったら、自宅に来いって言っているんだ。知り合いということで、特別に観てくれるっていうんだけど」

姉の言葉をそのまんま、正直に伝えただけだ。だが、こういう誘いに警戒心を抱く気持ちもよくわかる。

美佳は少し、おずおずと。友達はいかにも、美佳の護衛をするような顔でやってきた。そして、ふたりは出迎えた姉の姿を見た途端、別種の緊張を浮かべつつ、慌てたように頭を下げた。

「いらっしゃい」

如何《いか》にも謎の女といった感じで、姉は微笑した。家族に見せる顔とは全然、違う。正直、僕は呆れたが、美佳と友達は充分に恐れ入ってしまったらしい。姉は鷹揚に頷いて、

「占うのはひとりずつ。まずはあなたから」

まっすぐに、美佳の友人に視線を向けた。

鑑定は、居間で行なうという。美佳は順番を待つ間、廊下で僕と待機した。これで約一時間、ふたりっきりだ。姉なりに気を利かせてくれたのだろうか。

「ごめんな。こんなところで待たせて」

僕は清涼飲料水の入ったコップを手渡した。

「いいの。こっちこそ、無理言っちゃって」

僕の私室に招いたら、この言葉はなかっただろう。彼女は廊下にいることに安心している感じであった。今どき、珍しい純な少女だ。僕は益々好感を持ち、益々手の届かない、もどかしい思いを美佳に抱いた。

(こんな子、彼女にできたらなぁ)

ほんとに嬉しいに違いない。

大した会話もないままに、僕は美佳に見とれ続けた。一時間なんて、あっという間だ。気がつくと、扉が開いて姉が顔を出していた。僕は余程、呆けた顔をしていたのだろう。姉が喉の奥で笑った。頬が少し、熱くなる。

「すごく当たってた。びっくりしちゃった」

友達が興奮した顔で、美佳と僕に頷いた。美佳はそう聞いて、不安げな顔で僕を見返した。

「大丈夫だよ。お客の秘密は絶対に、姉は口外しないから」

微笑みながら僕は言い、肩の辺りできれいに揺れる美佳の髪を見送った。

――すごく当たるといった評価は、美佳の口からも零《こぼ》れ出た。僕は彼女らを送りつつ、駅に着くまでの短い時間、ぽつりぽつりと会話を交わした。

「不愉快なこと、言われなかった？」

「全然。みんな本当のことだもの」

美佳と友達が口を揃える。僕は美佳とだけ話したかったが、えらく早口な友人が、それを許しそうな気配はなかった。僕の存在をほとんど無視して、彼女達は話し続けた。

「恋愛運は？」

「受験が終わった後だって」

友達の問いに、美佳が小さく肩を竦める。その答えにも、ガックリときた。

結局、美佳とのみ話ができたのは、駅に着いてからである。友人が切符を買っている僅かな隙に、僕は彼女を捕まえて、こんな風に囁《ささや》いたのだ。

「また、電話しても構わない？」

「うん」

思っていたよりずっと気軽に、美佳は僕に頷いた。

(やった。恋愛が受験後だって、知り合うのは今でもかまわないはずさ)

それだけで、すっかり舞い上がり、僕は満面の笑みで彼女を送った。どうやら、かなりマジな気分だ。会うたびに、美佳が好きになる。うん、と、小さく答えた声が宝物のように愛《いと》しくて、僕はスキップするように家への道を戻っていった。

だが、浮かれた気分はすぐに萎《しぼ》んだ。暮れかけた住宅街に出た途端、再び妙な緊張が、僕の背中を捕まえたのだ。

（この間と同じ気配だ）

僕は歩く速度を緩《ゆる》める。どこからともなく聞こえてくる人と車の音に混ざって、僕の耳にはっきりと、しかし、微かな声が聞こえた。

「犬みたいにはしゃいで……馬鹿みたい」

ぎょっとして、僕は振り向いた。背後に立つ影はない。いや、僕が振り向く瞬間に、何か、黒くて素早い影が物陰に隠れたような気がする。息を呑み、僕は立ち尽くす。それから、慎重に歩き始める。気配がまた、背に貼りついた。僕を凝視するような、鋭く禍々《まがまが》しい気配。

（あの気配は何だろう）

ベッドの中に潜っても、僕は脅え、考えた。姉の台詞も気になっている。

――「いい子じゃない」

追い立てられるように家に戻ると、待っていたごとく、彼女は言った。

様々な人の心を見るためか、姉はすべての人に対して辛口だ。そんな彼女が、僕の知人を誉めるなんて皆無に近い。

僕は驚き、かつ喜んだが、次に放たれた言葉には、灰色の不吉さが滲んでいた。

「でも、あなたには悪い影が見えるわね」

「また、すぐそういうことを言う」

「本当よ。最近、何かなかった?」

もちろん、気になったのは、背中に感じた例の気配だ。しかし、素直に告げるには、かなりの躊躇が伴った。何よりも今、感じている幸福感をぶち壊しにはされたくない。

どんなに否定を繰り返しても、姉の勘は抜群だ。だからこそ、彼女の口から不吉な台詞は聞きたくなかった。

「何も」

僕は言い切った。姉は静かに頷いた。

「何かあったら、相談に乗る」

頼もしいような言葉を残して、彼女はオフィスに出掛けていった。僕は部屋に閉じ籠もり、また、美佳の面影と黒い影の記憶を交互に辿っていった。

(あの気配は何なんだろう)

暖かい希望に浸りたいのに、時が経つに従って、黒い影ばかりが気に掛かる。

冷たく、禍々しく、湿って、重い。

僕は頭から布団を被った。怪談話には縁がない。この年になって、奇妙な事件に遭遇する理由は何もない。

(本当に?)

僕は考える。幾つかの記憶が去来した。

踏切。救出。望月美佳。そして、横田とかいう奇妙な女。

急にゾッと体温が下がった。だらしなく太った女の顔が、喫茶店の記憶と共にまざまざと脳裏に蘇る。そこに、夜道で感じた影が二重写しに被さってきた。

そうだ。気配は、アイツに似ている。ヘドロのようにへばりつく、女の気配にそっくりだ。僕はそこまで思い至って、新たに、ひどく現実的な不安と恐怖に戦いた。


「丘野君」

呼び止められて振り向いたのは、駅近くの信号だった。

あれ以来、駅から自宅への道筋には神経質になっている。幸い入学前なので、自宅にいようと思えば、そうできた。僕は二日間、家に籠もったその後に、晴れた空に誘われてビデオ屋をひやかしに出掛けたのである。

外はうららかに暖かく、僕の不安など眼中にないといった様子であった。だから、僕もあの影を忘れられると考えた——のに。

「丘野君」

背後の声は、僕を竦み上がらせた。振り向くと、信号待ちの人の中からパステルカラーが現われた。ピンクのフリルに、フレアスカート。この天気にも拘《かかわ》らず、汚れたフェイク・ファーのコートをいまだにしっかり、着込んでいる。

横田淑子。

どうして、こんな場所にいるのか。偶然とは思えない。女を確認した途端、僕の顔は引きつった。彼女は細い目をなお細くして、うっとりしたように僕を見上げる。

「私ね。丘野君のファンクラブを作ったの」

誇るように、彼女は言った。そして、うふっと口を窄める。

「会員は私ひとりだけどね」

光栄の至り、なはずはない。僕はただ、女の顔を見つめた。情け無いことにまるっきり、思考が停止してしまっている。ファンクラブ？　会員一名？　冗談として笑うべきなのか。

信号が青に切り替わる。とっさに、僕は歩き始める。その鼻面に、横田がぐいと四角い包みを押しつけてきた。

「プレゼント」

自分でラッピングしたらしい、派手でぎこちない包装だ。

「貰えない」

漸《ようや》く、声が出た。そして、僕は鼻面に押しつけられた包みを払った。女の顔が強張った。構わず、僕は踵《きびす》を返す。

「ひどいわ」

そう思ってくれていい。

僕は全力で走り始めた。その背後で突然、すべてを切り裂くような、もの凄い金切り声が上がった。

「ひどいわ！　ひどいわ！　ひどいわ！　ひどいわ！」

僕は振り向かなかった。けれども、女の形相や、様子はまざまざと脳裏に浮かんだ。

地団駄を踏み、ピンクのフリルをばささせて叫んでいるに違いない。濁った両眼は見開かれ、吊り上がっていることだろう……。

全速力で、僕は自宅に戻った。何だか外出するたびに、脅えて帰ってきているようだ。僕はこんなに臆病だったか。こんなことでは四月になっても、大学なんか通えない。

僕はすっかり不安になった。そして、その不安を助長するごとく、夜——突然、玄関のチャイムが鳴り響いたのだ。

長く響いたチャイムに続いて、ドアに硬いものが当たる音がした。

恐る恐る扉を開けると、常夜灯に照らされて、足許に箱が転がっていた。昼間、横田から突きつけられて、振り払った、あの箱だ。

走り去る足音が、耳に残った。道は暗くて、気配は見えない。だが、今度こそ、間違いない。闇に潜むのは、あのデブだ。

僕はそっと箱を拾った。花模様の包装紙の上、太いマジックの線がある。

『好き』——その周りをいびつなハートがいくつも飛び交っていた。

尋常な精神状態ではない。ストーカーといって、間違いなかろう。箱を持った指先が嫌悪感で痺《しび》れたようだ。それでも、やや悪趣味な好奇心に動かされ、僕は玄関の鍵を閉めると、廊下の端で箱を開いた。

出てきたのは、いかにものハート型の手作りクッキーだ。あの女が粉を捏《こ》ね、あの女が焼いたクッキーを、僕に食えというわけか。

「冗談じゃない」

呟いて、僕はそのまま、すべてのものをゴミ袋に突っ込んだ。臭気が漏れるのを防ぐごとくに袋の口を固く縛ってのち、天井を仰いで吐息を漏らす。

（なんてこった）

あの女は、自宅の場所まで知っているのだ。姉が言っていたトラブルとは、まさにこの事を指すのだろう。そして、姉の見た「悪い影」も。

ひどくげんなりしたものの、今日の横田の訪問で楽になった部分もあった。夜道で背後に感じた気配は、あの女に間違いない。彼女自体は厄介だったが、正体がわかれば、むやみやたらに脅えることはなくなるはずだ。姉にも相談せずに済む。

どうしてだろう。美佳のことも、横田のことも、僕は姉に言いたくなかった。無論、僕くらいの年にもなれば、家族に自分のことなんか言いたくないし、知られたくもない。それが普通だ。けど、それ以上に、姉に干渉され、姉に指示され、姉に進むべき道筋を決定されるのが嫌だった。

そう。彼女は見えない世界を盾にして、足運びにまで口を出す。僕はそれが耐えられない……。

玄関で、そこまで考えて、僕は改めて首を捻った。姉の干渉に思いを馳せると、耐え難い嫌悪感が湧いてくる。しかし、この感覚は今まで馴染みのないものだった。

（いつから、嫌になったんだ？）

うざったいと思いながらも、今この瞬間まで、僕達は仲の良い姉弟ではなかったか。僕は牽制《けんせい》しながらも、彼女の特異な能力を評価していたのではなかったか。

（そうだ。美佳に、恋愛は受験の後、なんて言ったから）

「それとも、やっと、姉離れができたのかもな」

呟き、僕は苦笑した。横田はともかく、美佳への思いが僕を強くしたようだ。踏切での一件以来、女に守られる男から、女を守る男へと僕は変化したのかも知れない。

何だか勇気が湧いてきた。ストーカーなんか、クソ食らえ。

僕はゴミを投げ捨てて、望月美佳に電話を掛けた。

彼女は来年、受験だし、僕は春から大学だし。四月になれば、会いづらくなるのはお互い、わかっていた。そのせいかどうかは知らないが、僕達は急速に親しくなった。

美佳は変わらず、品のいい距離を保っていたものの、はにかむような笑顔の中から警戒心は消えていた。名前の通った大学に僕が行くと知ってから、変化は殊に如実であった。

値踏みをするのが打算だなんて、僕は全然、思っていない。そもそも、いい大学に通う最大のメリットは、就職や恋愛、結婚に有利ということに尽きよう。

僕は早速、大学の恩恵に与《あずか》ったわけである。

「丘野君と同じ大学、行けたらいいなぁ」

「そうしなよ。勉強、見てあげるから」

とりあえず受験という繋がりで、僕は美佳との縁を保った。そして、勉強にかこつけて、会う約束を取り付けた。

最初は予備校の自習室で。そののちは図書館、喫茶店、公園。一週間経たない内に、僕は彼女を家の前まで送り届けるようになった。美佳のガードも少しずつ緩んでいるのが見て取れる。

(このまま行けば、親公認の家庭教師になれるかも)

そして彼女が大学に受かれば、僕は感謝され、親公認の彼氏に昇格というわけだ。

もちろん、結婚なんて考えていない。だが、僕の想像は膨らんだ。

――「丘野君は、美佳さんの命を救った恩人であり、劇的な出会いをした運命のカップルだったのです」

誰かのスピーチまで想像できる。

僕はひとり笑いを浮かべて、差している傘をくるりと回した。

雨のせいで、自宅への道は一層、暗い。が、僕は最早、その暗がりに恐怖を感じることはなかった。傘の柄を肩に預けると、雨音が少し変化する。同時に、背後から小刻みな足音らしきものが聞こえた。

耳を澄ます。確実に、雨音とは異なっている。忍ばせながらも、カツカツと近づいてくる足音は、女もののパンプス。覚えのある気配を感じた。

（せっかくのデートの帰りに、こうだ）

脳裏に、横田の顔が浮かんだ。不気味なクッキーを捨てて以来、彼女の姿は見ていない。プレゼントを拒絶したのが効いたと思っていたのだが。

ストーカーというものを理性で測るのは無理らしい。足音は一定の距離を置き、背後に気配を留め続けた。

「いい加減にしろ！」

家の明かりが見えたところで、僕は怒鳴り、振り向いた。薄ぼんやりとした街灯に、雨が白くけぶっている。濡れたアスファルトの反射のせいで、視界がどうも曖昧《あいまい》だ。

足音が止まる。姿は見えない。電柱の陰にでも隠れたか。

僕はじっと、道を睨んだ。相手が姿を現わすまで、根比べをするつもりであった。

（出てこないなら、こっちから行くぞ）

戦闘的な気分になって、息を詰めている暇に、再び足音が耳に届いた。とはいえ、両眼に力を入れても、音の主はなぜか見えない。音の感じも奇妙であった。

改めて道の向こうから、女はやってくるようだ。

（違う女か？）

僕は闇に視線を投げた。

カツカツカツ――近づいてくる足音は、今さっき聞いたものと同じだ。耳がおかしくなったのか。どちらかがどちらかの幻聴か。

嫌な緊張が募ってきた。四肢を強張らせ、僕は立ち尽くす。足音が遠のき、また、近づいた。

そして次の瞬間に、新たな音が耳に届いた。

――はぁ……っ。

湿った息が掛かるほど、耳元近く、喘ぎが聞こえた。僕は震えて、息を呑む。朦朧《もうろう》と霞む雨の向こうに、黒い影が現われていた。

足音の主。

だがしかし、それは思っていたような女でも、人の影でもなかった。

影は首を低くした犬の姿に相違なかった。細かく固い足音は、犬の爪が舗装道路に打ち当たる音であったらしい。

恐怖は僕の臆病がもたらした幻だったのか。今の喘ぎも幻聴か。

「馬鹿馬鹿しい」

呟いてみる。けれども、動揺は収まらなかった。

影はゆっくり、近づいてくる。

下を向いたままの頭が、ふらりふらりと揺れている。痩せた肩を揺するたび、長い耳も左右に揺れた。前脚の間から見える、妙に肉厚な胸も揺らいだ。

——はぁ……っ。

僕は思わず、飛びすさった。

街灯の下、くっきりと犬の姿が浮かび上がった。皮膚病にでも罹《かか》っているのか、明かりに曝《さら》された背は赤く剝け、ところどころに生えた毛が、濡れて渦を描いている。その一々の模様まで明らかに見えるにも拘らず、全体は影という名の羽虫がたかっているごとく曖昧だ。

耳が再び左右に揺れた。いいや、あれが耳ではないことを僕は既に知っていた。

あれは、

(女の黒髪だ)

胸の奇妙な揺らめきは、剝き出しになった女の乳房だ。

音を立てる前足は、犬そのもののようだった。しかし、盛り上がる臀部の下に見える後ろ足はヒールを履いた人間のもの……。

気がつくと、僕は悲鳴を上げて、玄関に這《は》い蹲《つくば》っていた。傘なんて、どこかに行ってしまった。全身は冷や汗で、びしょ濡れだ。四肢の震えが止まらない。

あれは。あれは何だったんだ。

僕は見たものを反芻《はんすう》し、改めて大きく悲鳴を上げると、必死で姉の名前を叫んだ。

――「生霊ね」

遠い目をして、姉は呟いた。

「なんで、犬の格好なんだ」

「本人の魂の形でしょう。畜生みたいな恋情がそのまま形になったのよ」

「一体、どうしたらいいんだよ⁉」

泣きそうな顔で、僕は尋ねた。姉は僕が狼狽《うろた》えるほど、冷静な顔つきになって、

「犬は、横田という女なのよね」

またも、僕には見えない彼方を窺うような眼差しをした。峻厳《しゅんげん》なまでの表情は、彼女が霊力とやらを用いるときのものである。僕はその横顔を仰ぎ見ながら、頷いた。

姉の干渉が嫌だなどと、今は言っていられない。道を這ってきた影に、抗する術《すべ》が僕にはない。情け無いとは思うものの、姉に縋《すが》るほか、手段はないのだ。

「その女は、美佳さんの存在を知っているのよね」

ややしばらくして、姉は続けた。

「ああ」

「……困ったわね」

姉は目を伏せて、

「だったら、まず、美佳さんのことを気を付けてあげないと」

「どういう意味さ」

「女の嫉妬が形を取った生霊は大概、相手の女を狙うの。一番、危ないのは美佳さんよ」

当然のように、彼女は告げた。僕は愕然とすると同時に、言い様のない怒りを覚えた。

「彼女は何の関係もない！」

美佳とは、この間、出会ったばかりだ。そして、馬鹿みたいに清らかなおつきあいを続けているのだ。なのに、危険な目に遭うなんて、理不尽というべきものだろう。

「嫉妬というのは、理不尽なもの」

見切ったように姉は言う。

「それに」と、彼女は間を置いて、「美佳さんとあなたは相性がいい。きっと、相手もそのことを無意識に察知してるのよ」

唇の端を微かに歪めた。

おかしな動揺が身に広がった。姉が僕の彼女や知人を、良く言ったためしは皆無に近い。なのに、美佳に限っては、彼女は評価を〝優〟にする。

（もしかして、彼女こそ一生のパートナーになるのだろうか）

甘酸っぱい想像が膨らんだ。その反面、どうしても、僕は姉の言葉の裏に何かが隠されているような、奇妙な不安を感じ取る。

それが一体、何なのか……僕にはまだわからない。

「もう一度、美佳さんに来てもらいなさい」

姉は会話をうち切った。僕は静かに頷きながらも、漠然とした不安の影を拭いきれないままでいた。


数日後。面談は僕を交えて、姉の私室で行なわれた。

彼女はごく簡単に横田について説明し、魔除け・厄除けのマジナイを僕達ふたりに施《ほどこ》すと言った。

蠟燭《ろうそく》の立てられた部屋に、奇妙な匂いの香が漂う。その中、姉は正真の魔女のごとく座を占めていた。

前回とはうって変わったおどろおどろしい雰囲気に、ふたりの顔が強張った。横田云々《うんぬん》より、ある意味、怖い。たとえ、マジナイが効いたとしても、これで美佳が怖じ気づいたら、僕達の関係は台無しになる。

姉はわけのわからない呪文を唱え、奇妙な手つきを繰り返す。美佳に向けられる眼差しは、殊に鋭く、守るというよりも呪いを掛けているかに見える。

（やっぱり、相談すべきじゃなかった）

姉離れができたと思っていたのに、これでは僕は恋ひとつ、ひとりで成就できない感じだ。姉を通じて美佳を守って、女を守る男だなんて誰に言えるというのだろうか。

（あんな化け物さえ出てこなければ、自分で何とかできたのに）

「これでもう、平気。変な女はあなた達の前から消えるわよ」

最後に、姉はニッコリ笑った。僕はその笑顔の裏に、改めて自分の無力さを思い知ったような気がした。

「――何だかなぁ。余計、気味悪くなってきたよな」

美佳を送る道すがら、僕はうんざりと呟いた。半ばは、打診のための台詞だ。これで美佳が頷けば、僕はフォローのしようがない。しかし、肯定も否定もせず、美佳は測りがたい微笑を浮かべた。

「お姉さんは丘野君のこと、すごく心配してるのね」

「どういうこと」

「私のためっていうよりは、丘野君を不幸から守りたいって感じだったわ。私に霊能力はないけれど……同性として、お姉さんの気持ちは良くわかったの」

美佳はひとりで頷いて、それから漸く読みとりやすい不安を表に現わした。

「お姉さんは、あなたのことをずっと守るつもりでいるのね」

その言葉と表情が、どう繋がるのか。

まさか、今から嫁小姑問題を心配しているわけでもあるまい。僕は真意を計りかね、

「姉貴は君のことを気に入っている。僕の味方ということは、君の味方ということさ」

殊更、気軽さを装った。美佳がそっと見上げてくる。良かった。悪い雰囲気じゃない。駅に至る信号で、僕達は無言のまま手を握りあった。信号が青になったなら、進まなきゃならないのが残念だ。どこかへ行こうと誘ってみようか。

僕は道の向こうを見た。そして、ギョッと身を強張らせた。

横田だ。

遠目からでもわかるほど、彼女は怒りに身を震わせて、僕達ふたりを凝視していた。糸ほどの目しかないくせに、食い入るように視線が強い。美佳も気配に気づいたようだ。僕は彼女の肩を抱いた。

（やっぱり、僕が守らなきゃ）

同時に、

（お前なんか、眼中にない）

僕は横田を睨《ね》めつけた。

聞き覚えのある声が届いた。

「ひどいわ！」

「ひどいわ！　ひどいわ！　ひどいわ！　ひどい――」

あっけないほどの瞬間だった。目の前が、赤いもので染まった。

鈍い衝撃音とブレーキの音、誰かの悲鳴がこき混ざり、汚いフェイク・ファーが真っ赤に染まる。とっさに美佳の目を覆い、僕は逆に目を見開いた。

トラックのタイヤに引きずられ、横田のスカートがまくれていた。乱れた髪が血を絵の具にして、アスファルトに線を描いている。四肢が痙攣し、やがて止まった。パニックを起こした人波が、様々な声色で揺れ動く。

その先に――僕は確かに見たのだ。

横田を突き飛ばした女の影。

ここにいるはずのない、姉の姿を。

頭痛が収まらなかった。

動揺する美佳を宥《なだ》めすかして、家に送り届けたのち、自宅に戻ったのは九時過ぎだ。姉は仕事に出て、戻っていない。僕は自室に閉じ籠もり、ひたすら彼女の帰宅を待った。

交差点にいた影が、現実のものではないのは承知だ。しかし、見間違えであるとも思えなかった。

姉は、僕達に何をした。横田に何を仕掛けたのだ。

いずれにせよ、あの事故は、青信号を待ちきれなかった女の事故として処理された。

(だから、僕のせいじゃない。僕のせいじゃ……)

肉塊となった女より、姉の影が恐ろしい。美佳の台詞が蘇る。

——「お姉さんは、あなたのことをずっと守るつもりでいるのね」

あのときの不安げな表情は、どこに源があったのだろう。彼女は同性の勘とやらで、姉の心の奥に潜んだ「何か」を見抜いていたのだろうか。

時計が深夜の二時を回った。居間に、人の気配が宿る。自分を叱咤《しった》して階段を下りると、姉はコートを脱ぎながら、僕を認めて瞬きをした。

「まだ、起きてたの。遅いわね」

穏やかな姉の対応は、余計に緊張を募らせる。僕はいきなり、詰問をした。

「姉さん。何かしたのかよ」

「何って？　何よ」

「今日、目の前で横田が死んだ……」

交差点での事故を、僕は語った。影を見たことは伏せたものの、僕の口調が彼女の関与を疑っているのは明白だ。姉はあらかた話を聞くと、鼻白んだ顔で肩を竦めた。

「女が死んだのは、自業自得よ。私は何もしてないわ」

「嘘だ」

否定が衝《つ》いて出た。姉は僕に向き直り、コートを椅子に擲《なげう》った。

「私が何をしたというの」

顔が少し青ざめている。

「私はただ、あなたを守りたかっただけ。変な女につきまとわれて、不幸になるのは嫌だから」

「つまり……やっぱり、何かしたんだ」

見据えてくる目が、恐ろしかった。僕は僅かに躙《にじ》り下がった。姉は肯定も否定もせずに、コートの方に視線を移した。そして、細く溜息を吐く。

「事態はもっと厄介になったわ」

明瞭な声で、姉は語った。

「あの女、今度は死霊となって美佳さんを襲うに決まっているわ」

口許は、髪に隠れて見えない。

が、その瞬間、確かに姉は、

――笑った。

僕にはそう見えた。

「どういうことだ」

震えを抑えて呟くと、彼女は髪を掻き上げて、

「……別れるのね」

表情を批判がましいものに違《たが》えた。

「元はといえば、みんな、あなたが悪いのよ。いちゃいちゃして見せたりするから」

「姉貴」

「美佳さんを助けたいんでしょ」

「僕は」

「だったら、身を退くの。さもないと、あなた、不幸になるわよ」

最早、アドバイスでも占いでもない。強いて言うなら、これは呪いだ。僕の顔から血の気が退いた。同時に、頭に血が上る。僕は怒鳴った。

「自分の幸せは、自分で摑むよ！」

「そんなこと、できるわけないでしょう」

即座に、姉は切り返してきた。

「私がいなくては、夜道すら歩けない癖に。今更、私の手を振り切って、あんたに何ができるのよ！」

「……どうしたんだ。姉貴、おかしいよ」

呆然と、僕はかぶりを振った。

「あなたが、あんな女とつきあうからよ」

彼女は激しくテーブルを叩いた。

「あんな可愛い子とつきあうから、人の嫉妬を受けるのよ！」

歪んだ姉の形相は、般若《はんにゃ》を思わせる凄まじさだった。僕は怒鳴り返すこともできずに、彼女の様子を凝視した。

嫉妬をしているのは、姉本人だ。

美佳の容姿に？　いや、違う。彼女は僕とつきあっている女に嫉妬しているのである。

姉が僕にこんなにも執着しているとは思わなかった。確かに仲は良いけれど、姉のお節介は知っていたけど……いいや、これも的外れである。

僕は既に理解していた。

過去の干渉。今までの彼女に対する対応も。

あれらはすべて、弟への――いや、僕という男に対する……。

「犬みたいにはしゃいで、馬鹿みたい」

姉の唇が反り返る。どこかで聞いた台詞であった。

僕は居間を飛び出した。

「武史」

哀訴するごとき、姉の声が追ってくる。寝ていた母が、騒ぎを聞きつけて顔を出す。それも無視して部屋に入って、僕は床に蹲《うずくま》った。

体の芯が戦慄《わなな》いていた。姉の目が、いまだ瞼の裏で炯々《けいけい》と僕を凝視していた。

（いつから）

思うのも、おぞましい。声が耳について離れない。

幼い頃から、姉は僕のすべてに強い興味を示した。何やかやと理由を付けて、僕が好意を抱いた女に会い、ことごとく仲を阻んだ。

小学生の時も、高校の時も。

多分、美佳の出現は姉の脅威だったのだろう。「いい子じゃない」と言った言葉は、真実だったに違いない。だからこそ、姉は焦ったのだ。そして、厄除けをすると言い、僕達に呪いを掛けたのだ。

僕はそこまで考えて、床の上に座り直した。

（違う）

姉が行なったのは、ストーカー横田への呪詛《じゅそ》だ。そして彼女は横田を殺し、改めて僕に呪詛を放った。

――「あの女、今度は死霊となって美佳さんを襲うに決まっているわ」

（姉の手を振り切ったから）

吐き気がするほどの恐怖を感じた。とっさに携帯電話に手を伸ばし、僕は美佳へ電話を掛けた。時間は夜中の三時近い。構うものか。受験生なら、起きていて当然の時間である。

案の定、彼女はすぐに出た。

「急に心配になっちゃって」

僕は電話を強く握った。

「今日は酷かったね。動揺してない？　ちゃんと、勉強捗《はかど》っている？」

続け様に問いを発すると、美佳は少し間を空けて、「ええ、大丈夫よ。心配しないで」

小さな声で返してきた。

声の質が、いつもと違う。脅えているという感じではない。どこか、ぎこちなく余所余所《よそよそ》しいのだ。

「あれからまた、嫌な事でもあった？」

新たな不安を感じつつ、僕は美佳に訊いてみた。彼女は一瞬、口ごもり、

「違うの。私……丘野君のお姉さんが怖いのよ」

震えを帯びた声音で答えた。

「どうして」

「だって……わかるでしょう」

理解はできる。けど、了承はしない。ここで聞き分けの良い男になれば、すべては姉の思うがままだ。僕は電話に口を寄せ、懸命に彼女を宥めすかした。連ねたのは、陳腐な台詞だが、僕の気持ちに嘘はなかった。

――もう、怖いことは起こらない。誰にも危害は加えさせない。姉など、僕にはどうでもいい。美佳が嫌なら、もう二度と、姉には会わせないようにする。

「だから、また、会ってくれるよね」

「うん」と言ってくれた時はもう、空は白みかけていた。僕は勉強の邪魔を詫び、電話を切って肩を落とした。

疲れた。だが、美佳とは繋がった。あとは、横田の死霊とやらが出ないことを祈るだけだ。

（明日、予備校に行ってみて、少しだけでも顔を見よう）

幽霊の何のにどうやって太刀打ちするかは不明だが、暫《しばら》くはボディガードをしたほうが、僕自

身の心が落ち着く。自宅にいるのも、うんざりだ。

ベッドに俯せになると、廊下の向こうが微かに軋《きし》んだ。僕は耳をそばだてる。その向こうでまた、音が聞こえた。

母の部屋は一階だ。姉の部屋は隣りにある。

急に、喉が渇いてきた。僕は息を詰め、布団を被った。

もう一度、僕を凝視していた姉の目の色が、まざまざ浮かんだ。

(彼女は話を聞いていた)

ずっと扉に耳を寄せ、姉よりも美佳を選ぶと言った、僕の言葉を聞いていたのだ。

天気予報を裏切って、昼過ぎから大雨となった。

「こんな天気に出掛けなくても」

姉は昨晩のことを忘れたように、居間でテレビを見ながら言った。僕は生返事を返しつつ、何気ない風を装った。

姉も多分、気持ちは同じだ。このまま同居を続ける気なら、どうにもならない感情は押し隠していくほかはない。昨夜の電話を聞いていたなら尚更、普通に装う以外、できることはないはずだ。

時計を眺め、僕は舌打ちをした。確かに、鬱陶《うっとう》しい雨である。アポ無しで出掛けて会えなかったら、虚しいことこの上ない。講義が終わった頃に電話をし、美佳の予定を聞いてみよう。昨日の事故や事件のショックで、精神もかなり疲れていた。僕は一旦、部屋に戻って、三時になるのを待つことにした。

しかし、目当ての時間が来ても、美佳は電話に出なかった。授業中に携帯を切るのは当然のことである。その後、友達と話していて、電源を入れ忘れることもあるだろう。

（けど）

僕はしばし粘ったが、三時が四時、五時になっても、携帯は不通のままだった。

（僕からの電話を警戒してるのか？）

取りなしたつもりでいたのは、勝手な思い込みだったのか。焦りが湧いた。が、慌てて予備校や自宅に行ったら、僕こそがストーカーになる。

電話を握りしめたまま、僕は階下に下りていった。姉はまだ居間に座って、ニュース番組を眺めている。所在なく、僕も椅子に座った。

テレビ画面の中も豪雨だ。どうやら、事件の中継らしい。警官達のシルエットの先、血のついた床がちらりと映る。

――「本当にあっという間だったんです。悲鳴が上がって、見たらもう、倒れてて……。いきなり、飛びかかってきたみたい」

顔を隠した少女が、マイクに答えていた。

――「あんな大きな犬、今まで見かけたこともなかった。一体、どこから入ってきたのかわかりません。それで、すぐ、いなくなっちゃって」

画面がリポーターに切り替わる。背後の画面に、見覚えのある予備校の玄関が映し出された。

僕は立った。椅子がひっくり返る。姉は背中を向けたまま、無言でテレビを眺め続ける。

――「目撃者の証言に依《よ》りますと、犬は突然、玄関に現われ、前触れもなく被害者に襲いかかったということです。頸部を一気に噛み切ったということから、ある種の訓練を受けていた可能性もあり……」

被害者の名がテロップに出た。

『望月美佳　17歳』

突っ立った足が震え始めた。姉はテレビを見たままだ。僕の頭は朦朧として霞が掛かったように虚ろだ。ただ、ぼんやりと思うのは、――美佳が。殺された。犬に。

僕は玄関に飛び出した。

扉を開くと、雨交じりの風が顔に吹きつけてきた。雲は厚く、町はもう、日暮れたように暗かった。僕は一瞬、空を睨んで、傘もないまま飛び出した。いや、飛び出そうとして、足を留めた。

道の向こうから、カッカッと小刻みな足音が迫ってきた。雨音に紛れることもなく、音は明快に耳に迫って、見開く僕の目の先に、ぼんやりとした影が現われる。

犬ほどの大きさをした、何か。

僕は周囲を見渡した。こんな時間にも拘らず、人影はどこにも見当たらない。雨と足音のみを残して、町は静まりかえっている。

その無機質な音を突き、

──はぁ……っ。

微かな喘ぎが聞こえた。

影は緩慢に、だが、確実に、僕の方に近づいてくる。

横田か？　美佳を殺した犬か？　姉は横田の死霊を使って、僕の彼女を惨殺したのか。

下を向いたままの頭が、定まりもなく揺れている。長い髪の毛も垂れた乳房も、露わに雨に濡れていた。

濡れそぼった毛の先が、先日よりも乱れていた。その端々にこびりつくのは、どす黒いまでに赤い血だ。

僕の全身が激しく戦慄く。犬は真っ直ぐにこちらを目指す。そして、目の前で足を止めると、

――はぁ……っ。

血に汚れた舌を出し、ゆっくりと、頭を持ち上げた。

多分、僕は絶叫したのだ。そして、ひっくり返ったのだ。間近で、犬女が低く嗤《わら》った。同時に僕は自分の背後に、気配を感じて振り向いた。

姉が僕を見下ろしていた。犬と同じ顔をして……。

漸く、僕は理解した。

横田は何の関係もない。畜生みたいな恋情を秘め犬に姿を変えていたのは――。

「だから、あなたが悪いのよ」

犬歯を剝いて、彼女は嗤った。

激しい雨が吹き込んできた。血に塗《まみ》れた牝が陰部まで剝き出しにして、前に座った。

「姉貴」

喉から、嗚咽《おえつ》が洩れた。

「姉貴、姉貴……助けてくれよ」

「大丈夫よ」

絶望に歪む世界の中から、犬の声か、女の声か。濡れた声が囁いた。

「あなたは、私が幸せにする」

そうして僕の首筋に、生暖かい息が掛かった。

暗い夢　田中雅美

（たなか・まさみ）

一九五八年、東京生まれ。中央大学在学中に小説新潮新人賞を受賞しデビュー。以後、『しのぶちゃん事件簿』『日本海殺人紀行』など、青春小説、ミステリーの分野で活躍。一方、『嗜虐の檻』『悪虐の宴』などのハード・サスペンスの世界で新境地を開拓、人気を博す。作品に『秘めごと』『優しい肌』『愛しい唇』など。

夏子《なつこ》はその光景に驚いて足を止めた。隣りの家の門前に、その家に住む青年と母親が立っていた。二人ともパーティーか結婚式にでも行くような盛装だったが、青年は目に涙を溜め、母親はレースのハンカチをくしゃくしゃにして涙を拭《ぬぐ》いながら嗚咽《おえつ》していた。

誰かが亡くなったのだろうか、と夏子はおもった。二人は夏子の知り合いだったが、そのようすがあまりに悲しそうで、声をかけることが憚《はばか》られた。間もなく隣家のガレージから、そこの主人が運転するベンツが出てきて、二人を乗せて走り去った。

新川《しんかわ》夏子は家の縁側で夫の孝彦《たかひこ》と梨をたべている。九月中旬の土曜日、三時を少し回ったところだった。

庭の樹木の隙間から家の前の道が見えるが、そこに隣家の青年があらわれ、夏子たちの方を向いた。

「木山《きやま》くん、急ぐの？　梨たべていかない？」

夏子が声をかけると、木山という青年は笑顔でやってきた。彼は大学二年生で、夏子はこの家に暮らすようになって、すぐに彼と打ち解けた。

木山は綺麗な顔だちをしていて、撫《な》で肩の繊細な体つきをしていた。ひと月ほど前、彼の家の門前で母親と泣いている姿を見かけたときはびっくりしたが、今ではもとの明るい木山に戻っていた。

「きょうはどこへ行くの？」

「友だちがパソコン買うんでつきあってくれって言うんですよ。時間はまだあるし、のんびり行っても大丈夫なんです。この梨、すっごく美味しいですね」

「夏子のおかあさんが送ってくれたんだ」

と、孝彦が言う。

「この家の縁側っていいですよね。ここでなにか御馳走になると、ほんと、うまいな」

「わたしもこの家気に入ってるの。夏はよくここで西瓜《すいか》たべたわ」

「ほんとによくたべてましたね。ぼくも御馳走になったけど」

夏子は二十五歳、夫は三十歳。結婚して三カ月になるが、夏子は二人の新婚生活が、東京に近いS市の住宅地の庭つきのこの家で始まったことが嬉《うれ》しかった。

孝彦には二人兄がいるが、それぞれ家庭を持ち、家を建てて住んでいる。父親は亡くなってい て、孝彦は現在は入院中の母親とここに住んでいたが、孝彦と夏子が別に住むと家が空《あ》いてしまうので、兄たちや母親に勧められて、ここで暮らすことになったのだ。

家は和風の木造平屋建てで、建物を囲んで庭があり、家の前は細い道になっている。

その家の向かって左隣りが豪邸といってもよい木山の家だ。向かって右隣りには夏子の家とよく似た家があり、平野美那《ひらのみな》という三十歳になる女性がひとり暮らしをしている。夏子の家と平野美那の家は同じ工務店が建てたもので、その家も庭がある。植え込みが境界線となっていたが、その植え込みも枯れてしまったところがあって、行ききもできる。二軒の家とも塀《へい》けない。

平野美那が買い物から帰ってきて、自宅の玄関を開けたのが見えた。色白の美しい女性だったが、幸せな生活の中で夏子の心に不安な影を落としているのが彼女だった。美那を見た木山も顔を強張《こわば》らせた。

「美那ちゃん、梨たべないか」

夫が声をかけたが、

「けっこうです」

美那は陰気なようすで首を振った。家に入るときにこちらを一瞥《いちべつ》したが、まるで監視するような目つきだった。

「いつごろからあんなふうになったのかな。前はもっと明るかったのに」

と孝彦が言った。

「それじゃ。どうもごちそうさまでした」

木山が急に落ちつかないようすになって立ち去った。

「木山くんも急にソワソワしちゃって変だね」

孝彦はわけがわからないという顔になった。

孝彦は木山の家族と美那との間の出来事を知らないのだ。

美那と木山の母親はもともと性格があわず、つまらない諍《いさか》いを繰り返していたそうだが、夏子が孝彦と結婚したころには、二人の間は険悪な状態になっていた。

木山の家ではマルチーズを飼っていたが、ある日木山の母親が散歩のときに犬を美那の家の庭に入れた。そのとき美那も庭にいたが、犬が怖くてならない美那は、庭を走り回る犬を避けようとして転《ころ》んでしまい、足首を痛めた。美那は抗議したが、木山の母親は笑って謝らない。怒った美那は、その犬なんか死ねばいいと叫んだ。

その後何日かして木山の家のマルチーズは姿を消し、翌日木山邸の門前に死骸となって発見された。頭を潰され内臓の飛び出した無残な死に方で、車にはねられたらしかった。

木山の母親は泣き叫びながら美那の家を訪れたが、美那は知らないと言い張った。木山の母親は警察に訴えると言ったが、彼女の夫がなだめ、穏便にすませたのだそうだ。

夏子は家の前で泣いている母親と木山を見たが、後で木山から聞いた話では、二人は犬の死骸を見た直後だったそうで、しかも親戚の結婚式のある日だったという。

木山の母親も癖のある人だったが、常に人を警戒しているような美那の目つきも不気味だった。そして、夏子の気持ちを重くしているのは、美那が夫の孝彦を好きなことだった。

わたしと孝彦さんは幼なじみなの。孝彦さんのことなら何でも知ってるわ。と初めて彼女に会ったときに言われた。また、おもったことはなんでも口にだす木山の母親が、孝彦と結婚するのは美那だとばかりおもっていたと夏子に言ったことがある。木山もそうおもっていたのだそうだ。

「どうしたんだい、黙っちゃって」

「ううん、なんでもないの」

その日から三日後、夏子に奇妙なものが届いた。

夏子はO駅近くの大きなビルにある、旅行会社の支社で働いている。きょうは仕事を終えて八時過ぎに家に戻ったが、隣りの平野美那の家にはまだ明かりがついていなかった。

美那は幼いときから母親と二人で暮らしていたが、二年前に母親が亡くなった。現在は、母親が経営していた東京の三軒の飲食店の経営を引き継いでいる。

夏子はいつものように玄関の戸口の脇の郵便受けを見た。

すると普通の封筒よりひと回り大きな茶封筒が入っていて『新川夏子様』とパソコンで書かれた白い小さな紙が貼ってあった。切手は貼っていない。住所も記さずに名前だけが書かれたその封筒に嫌なものを感じた。

夫はまだ帰宅していなかった。夏子は自分の部屋に入って開封した。

あらわれたのは一枚の写真だったが、それを見た瞬間湿った冷気のようなものが夏子の全身を包んだ。

見知らぬ女の子の写真だった。高校二年生、あるいは三年生くらいだろうか。ボブカットの可愛い女の子がTシャツ姿で木の幹に凭《もた》れて微笑している。知らない女の子の写真を送られたのも妙だが、さらに奇妙なのはその写真がひと回り大きな厚紙に貼られ、写真の周囲を黒いリボンが縁《ふち》取っていることだった。

「なんで、わたしにこんな写真が……」

学校のクラスメートや知り合いの顔を次々におもい浮かべてみたが、写真のような人物はいない。だがどこかで見たような顔である。

この間孝彦と学生時代の思い出話をしていて、互いに高校の卒業アルバムを見せあったことがあった。

夏子は孝彦の部屋の書棚から、彼の卒業アルバムをだした。孝彦のいたクラスの集合写真の女子生徒の顔をひとりひとり見ていくと、あの写真と似た顔があった。顔も髪形も送られてきた写真とそっくりだった。


「卒業アルバム？　この間見たじゃないか」

「でも、また見たいのよ」

「わかった、わかった」

孝彦は笑いながら卒業アルバムを持ってきて、夕食のすんだ食卓に広げた。夏子はクラスの集合写真を見ながらさりげなく話を進め、

「この人、なんていう人？　すごく可愛いとおもわない？　モテたんじゃない？」

例の写真の女の子を話題にすると孝彦の顔が曇った。

「どうしたの？　この子、どうかしたの？」

「いや……」

あまりその子について話したくないようだったので、話を止めようとすると、

「この子は篠塚《しのづか》さんていうんだよ。篠塚留美《るみ》さん」

と孝彦は言った。

「そう。すごく可愛い人ね」

夏子はそれ以上聞かず、前に聞いた担任の先生のエピソードを話題にした。

篠塚留美という女の子についての情報が得られたのは、一週間後、孝彦の祖父の法事のときだった。

ごく内輪の親戚のものだけの集まりで、墓参をすませたあとで、近くの料亭に移って食事をした。

夏子はビールをついで回っていたが、

「こっちにきて座りなさいよ。由子《よしこ》さんも」

長兄の嫁の咲子《さきこ》が、夏子と次兄の嫁の由子に声をかけた。

咲子は三十七歳で、夫とともにいくつかの会社を経営している。いつも金がないとこぼしているが、美人で面倒みがいい。咲子も、専業主婦である三十三歳の由子も、ともに夏子を可愛がってくれていた。

義姉《あね》たちならなにか知っているかもしれないとおもっていた夏子は、頃合いを見て篠塚留美の名前をだした。すると、二人の顔色が変わった。

「篠塚留美って高校のときに孝彦さんと同じクラスだった子でしょ」

咲子が小声で言った。

「ご存じなんですか」

「うちの人が教えてくれたの。さっき行った墓地に留美さんのお墓があるわ」

「お墓？　亡くなったんですか」

夏子は仰天した。

「病気で急死したんですって。高校を卒業した直後だったそうよ。初めてうちの人と新川のお墓にきたときに、うちの人が教えてくれたの」

「わたしもその話をお義姉《ねえ》さんから聞いたわ」

と由子がうなずく。

「夏ちゃんの前でこんなことというのもなんだけど、孝彦さん、その子が好きで、つきあってたことがあるんですってよ」

「そうだったんですか……」

夏子は夫が留美の写真を見て表情を硬くした理由がわかった。

「さあ、ようやくお寛《くつろ》ぎの時間だ」

布団《ふとん》を敷きながら孝彦が言う。夏子と孝彦は、夜は家の居間に布団を敷いて寝ている。

「あー、幸せだあ」

パジャマを着た孝彦が布団に転がる。夏子もパジャマで横になった。孝彦が夏子の尻に足を載せる。夏子もふざけて、横になった孝彦に足を載せてお返しする。

「ムードがないなあ」

「ムードがないのは孝ちゃんのほうよ」

孝彦が夏子のパジャマを取り去る。夏子も孝彦のパジャマのボタンに手をかけて、互いを全裸にした。

孝彦の唇が夏子の唇をとらえ、唇全体で愛撫しながら温かい舌を差し入れてくる。夏子は孝彦の舌を口の中で遊ばせながら彼の下腹部へ手を伸ばす。その熱さをてのひらに感じながら付け根から先端へと優しい愛撫を繰り返し、それが硬さを増してくると、指でくるんで動かした。

夏子の口に入っている孝彦の舌の動きも激しくなり、夏子も誘われて舌を躍らせる。

「ううん……」

夏子はたまらなくなって孝彦に抱きついた。

「きょうはすごく興奮してるみたいだね」

「そう？」

言われてみれば、いつもより感じ方が強いようだった。

孝彦は夏子を仰向《あおむ》けにし、両手で乳房を包み込んだ。孝彦の指が乳房の先端を掃《は》くように動くと、左右の乳首に甘い快感が閃《ひらめ》く。夏子の反応が強くなると、孝彦は両手の指で乳首を摘《つ》まみ、舌でくすぐった。

夏子の両足が開いていく。孝彦の指が夏子の茂みを指でさすりながら、徐々に奥へと入ってくる。孝彦は夏子の体にしみだしている温かい潤《うる》みに巧《たく》みに指を滑《すべ》らせながら、さらに奥へと進入してくる。

指は中でさまざまな動きをみせて夏子を悦ばせ、やがて孝彦が夏子の上に重なると、指に代わって、硬く力強いものが夏子の内部を満たした。夏子は心細さと不安を追い払うように孝彦を求めた。

孝彦の寝息が聞こえてきた。孝彦は夏子の体を愛撫しながら、いつの間にか寝てしまっていた。

夏子は幸せだった。好きになった男性と結婚することができたからである。

しかも一緒に暮らし始めると、つきあっていたときよりも幸せを感じた。孝彦の存在はいつも夏子の気持ちを安定させてくれたし、孝彦も夏子がいることが気持ちの支えになると言っている。二人は共働きで、どちらかの帰宅が遅くなったりすることもあったが、助け合いながらやってきた。

だが、篠塚留美の写真が送られてから、夏子は重苦しい不安を感じていた。

写真のことはまだ孝彦に話していない。留美のことを口にするだけで顔を曇らせた孝彦にあの写真を見せれば、ひどいショックを受けるだろう。

先日義姉たちから話を聞けたおかげで、篠塚留美が高校を卒業直後に亡くなったことと、孝彦が留美とつきあっていたことはわかった。だがそんな留美の写真がどうして夏子に送られたかは謎だった。夏子が不安でいるのは、ただあの写真が送られただけでは終わらないような気がするからだった。

翌日、そしてその翌日も何事もなく、数日が過ぎた。

夏子は仕事を終えて帰ってきた。

自分の家と美那の家、その周囲の樹木が青味の濃い夕闇の中に影になっている。繁った樹木の枝葉は黒々とした編み目のように二軒の家を包み込み、どうということもない景色なのに、なぜか不安を掻き立てられた。

郵便受けを開けてみると、先日と同じように夏子の名前が記された茶封筒があった。封筒を持つ手が震えた。

夏子は居間の明かりをつけるやいなや、封を切った。

でてきたのはまた見知らぬ女性の写真だったが篠塚留美ではない。歳は二十二、三歳。活発そうな印象で、コンパかなにかの場面らしく、少し酔っているようだった。その写真も台紙に貼られ、黒いリボンで縁取りがしてあった。

「ただいまあ」

孝彦が帰宅した。

「どうしたんだい、ぼーっとして」

夏子は孝彦に写真を渡し、自室から先日送られた留美の写真を取ってきた。夏子が渡した写真を見ていた夫は真っ青になっていた。

「なんだ、これ」

「それだけじゃないのよ。この間この写真もきたの。これ、篠塚留美さんでしょ」

留美の写真を見せると夫は小さく呻いた。

「なんでこんな写真が……。しかもこんな黒いリボンで回りを囲って……」

「封筒に入って郵便受けに入れられていたの。わたし宛で」

二枚の写真を持ったままその場に座り込んだ孝彦に、夏子は留美の写真を見たときのことを話した。

「そうか。それで卒業アルバムを見て、この女の子は誰なのかって聞いたんだね」

「ええ。あのとき留美さんの写真を見せたかったんだけど、孝ちゃんが固まってるんで、言えなくなっちゃったのよ。で、きょうはこの女の人の写真が茶封筒に入って郵便受けにあったの。この人、知り合い？」

「うん。千谷真帆《せんたにまほ》さんて言って、会社の同僚だった人だよ」

「だったってことは……、この人は会社を辞めちゃったの？」

「亡くなったんだ」

夏子はぞっとした。篠塚留美と同じだった。夏子に送られた写真の人物は二人とも亡くなっているのだ。

「亡くなったって……どんなふうにして？」

「交通事故だ。でも、どうして千谷さんの写真が……。しかも封筒は夏ちゃん宛だろ？」

「そうよ。変だとおもわない？　この二人は孝ちゃんの知り合いで、二人とも亡くなったかたなんでしょ？　気味が悪いわ。警察に届けましょうよ」

「届けるって……」

孝彦は慌《あわ》てた。

「届けるって、なんの被害もないじゃないか。脅迫されたわけじゃないし」

「それはそうだけど、こんな黒い縁取りの写真がきたなんて……」

「この写真の人物は夏ちゃんとは無関係だよ。俺に関係していた人たちだ。俺に写真が届くっていうのならわかるけど」

「どうすればいいの？」

「少しようすをみてみよう。これは郵便できたんじゃなく、誰かが郵便受けに入れていったんだろ？　そいつは調子に乗ってまた同じことをするかもしれない。そのうち捕まえてやるさ」

夏子は夫の話を受け入れて、静観することにした。

「ねえ、孝ちゃん、この千谷さんて人とつきあってた？」

「つきあってたって……」

夫はちょっとうろたえた。

「同じ職場で働いていたから、一緒に飲みに行ったりとか、そういうことはあったよ。同じ同好会にも入ってたしね。その程度だよ」

仕事を終えた夏子は有楽町《ゆうらくちょう》にでて、イタリア料理店で西野敏美《にしのとしみ》と会った。夏子が三歳年上の敏美と知り合ったのはエアロビクス教室で、夏子は彼女の紹介で孝彦と知り合ったのだった。

敏美は今は別の会社に移っているが、以前は夫の孝彦と同じ会社に勤めていた。篠塚留美のときと同じように、孝彦は千谷真帆についても積極的に話をしてくれない。それで敏美なら、千谷真帆について何か話をしてもらえるのではないかとおもったのだった。

二人は食事をしながら、互いの近況を語ったり、世間話をしたりしていたが、夏子は頃合いを見て千谷真帆のことを聞いてみた。

すると、敏美の顔がこわばった。まるで夫のような反応で、普段の敏美らしくない。

「もちろん知ってるわよ。わたしも千谷さんと同じ会社にいたんだから」

「実は千谷さんのことを話したときに、孝彦さんのようすが妙だったの。交通事故で亡くなったということは聞いたんだけど。敏ちゃんなら、なにか知ってることあるかなとおもって。たとえば二人がつきあっていたとか……」

敏美は困ったような顔をした。やはりなにかあったのだ、と夏子はおもった。

「夏ちゃんがそこまで言うなら、わたしもしゃべるけど、千谷さんは孝彦さんのことをすごく好きだったの。その気持ちは孝彦さんに伝わっていたとおもう。千谷さんは自分の気持ちをストレートにあらわしてたから」

「孝彦さんはどうだったのかしら」

「千谷さんを好いていたとおもうわ」

「つきあっていたのかな」

「そこまではいかなかったとおもう。みんなと一緒にお酒を飲んだり同好会でテニスやったりとか、そんな感じ。でも仲はよかったわ」

またた、と夏子はおもった。留美と夫は仲がよかった。そして夫と千谷真帆も。

「どうしたの？　怒っちゃった？」

「ううん。でも好き合っていたなら、どうしてつきあわなかったのかしら」

「孝彦さんには夏ちゃんがいたからよ」

夏子はハッとした。そういえば夏子と孝彦はつきあいはじめてから結婚まで三年かかっている。つきあっているときも楽しかったから、孝彦の気持ちは夏子のほうにあったのだろう。

敏美の話では、千谷真帆が亡くなったのは、二年半ほど前だそうだ。真帆は車にはねられて亡くなったのだが、それが夏子たちの住まいから三百メートルほどの場所だという。

「千谷さんは旅行の帰りで、お土産《みやげ》を持って孝彦さんに会いに行ったらしいのよ。会ったのはコーヒーショップで、そこをでたところで別れて、孝彦さんは家に戻った。そのあと千谷さんは車にはねられたの」

敏美の目が暗く翳った。

敏美は声をひそめて言った。

「それが、彼女、いきなり車の前にすごい勢いで飛び出したらしいのよ。あの人はそんなタイプじゃないんで、今でも変だなあとおもってるんだけど……。ともかく千谷さんはそんなふうにして亡くなったの」

夏子は聞いていて頬が強張った。

千谷真帆が気の毒だった。真帆の写真を見たときの孝彦のショックがわかったような気がした。思いを寄せてくれていた真帆がそんな亡くなりかたをしたことは孝彦の心の重荷になっていたのかもしれない。

ともあれ、西野敏美に会ったおかげで、真帆と孝彦が親しい関係にあったことがわかった。

夏子が敏美と会って自宅に帰ったのは十一時近かった。きょうは孝彦も帰りが遅くなるそうで、家には明かりがついていない。今夜も嫌な気持ちで郵便受けに近づく。そのとき家の左横の少し奥の方で物音がした。猫ではないようだ。

夏子は体が竦《すく》んで動けなくなった。家の左横にいる人物も夏子が帰ってきたのに気づいて動作を止め、息を殺しているようだ。今、左手に回れば、そこに誰がいるのかがわかる。だが怖くてできない。

夏子は息を飲み、音をたてないようにして玄関のドアから家に入り、廊下の明かりをつけた。

夏子の部屋は、家を正面から見て、左奥にある。夏子の部屋からなら、外に誰がいるのか見えるだろう。

自分の部屋に入ったとき、外でカサカサと草が鳴った。夏子はおもいきって窓に近づき、カーテンを開けた。誰もいない。すでに家の裏へと回ったらしい。

またカサカサと音がした。窓を開けて音を聞いていると、誰かが庭伝いに美那の家のほうへ歩いていくようだ。

夏子は台所に入り、美那の家に向かっている勝手口のドアを開けた。夏子の家の裏手からあらわれた人物がそそくさとした足取りで歩いていくのが見えた。

月明かりに浮かび上がったその姿は美那だった。美那は、夏子の家の方に向いている、自宅の勝手口に入っていった。

夏子は溜め息を漏らした。美那が夏子の家の庭にきていたことがなんともいえないほど嫌で、どっと疲れがでた。冷蔵庫からミネラルウォーターをだして飲んだ。イタリア料理店で飲んだワインの酔いがまだ残っている感じがする。

夏子は、美那がなにをしていたのかが気になってならなかった。ひとりで見に行くのは怖いので孝彦が帰るまで待とうとしたが、いてもたってもいられなくなった。庭に出て美那のいた辺りへ歩く。夏子がつけた自室の明かりが窓から漏れている。

夏子の視線は、雑草の中に置かれていた白い塊《かたまり》に釘付けになった。それは包帯に包まれたもので、形は円筒形、長さは、夏子の手から肘《ひじ》にかけての長さくらいだろうか。包帯は丁寧《ていねい》に巻いてあったが、最後が留めていなかった。

夏子はおもいきって、それを持った。それがなんであるのかわからないことが一番の恐怖だった。包帯を解いていく。心臓の鼓動が早くなっているのが自分でわかる。包帯を解いていく手が強張ってくる。

包帯のあいだから小さな足があらわれた。人形の足だ。しかもそれには見覚えがあった。

さらに包帯を解いていくと、でてきたのは長い髪をカールさせた、三十五、六センチの可愛い、女の子の形の人形で、夏子が子供の頃に遊んだものだった。着ている服が焼け焦げており、合成樹脂でできた人形の顔や手足に、カッターのようなものでつけた傷が無数にあった。

夏子は震えていた。恐怖が夏子の体を摑《つか》んで揺さぶっている。夏子の人形がこんな形にされて、しかも夏子の部屋に近い場所に置かれていた。人形を置いていった人物が、夏子に対して、どういう気持ちを抱いているのかがよくわかった。

夏子はその人形をどこにしまっておいたか考えた。この家にきたときにいろいろな荷物を持ってきたが、自分の部屋だけでは入りきらなかったので、整理して庭の物置にも入れた。この人形は確か物置に置いたはずだ。

明かりのついている夏子の部屋から、そのまま左にほんの数歩のところに物置がある。孝彦の父親が作ったもので、ドアには三桁《けた》のナンバー式の鍵がついている。鍵はかかっていたが、物置を開けてみると、荷物を入れた半透明の箱のひとつを開けたあとがあった。そこから人形を取り出したのだ。

夏子は郵便受けを見に行った。中にはなにも入っていなかったが、体が震えてしかたがなかった。

包帯と傷つけられた人形を見せると、孝彦は驚き、それから激しく顔をしかめた。

「ひどいな、これは」

「でしょう。包帯に包まれて庭に置かれてたのよ。気味が悪かったわ。それと、わたしが帰ってきたときに、わたしの部屋の外あたりに、美那さんがいたの。わたしが家に入ったら自分の家に入っていったわ」

「美那……」

「ええ」

「美那ちゃんがこれを置いていったっていうのかい？」

「そうは言ってないけど」

「あの人がそんなことするはずないよ」

「どうしてそんなふうに断言できるの？」

「美那ちゃんはずっと隣りに住んでて、俺は彼女のことはよく知ってる。そんなことをする人じゃない。第一、理由がないじゃないか」

いきなり夫に言われて、夏子はむっとし、

「あの人も、あなたのことは小さいころからよく知ってるって言ってたわ」

と言ってやった。

美那が孝彦を好きだということは夏子にもわかっている。そしていつも夏子のようすをうかがっているような美那の目つきが怖いのだ。

「どうしたらいいとおもう？」

夏子は人形を見て言った。

「どうしたらって……」

夫は顔を強張らせる。

「これ、警察に……」

「だめだよ、そんなこと。ちょっと待ってろよ。もう少しようすを見よう」

「ようすを見ようって、いつまでようすを見るのよ。その間にわたしがとんでもない目にあったらどうするの」

夏子は腹が立ち、声を荒らげてしまった。

「俺も調べてみるよ。とにかくもう少し時間をくれ」


翌日夏子は憂鬱《ゆううつ》な気分で会社にいた。

夏子の仕事はカウンターでの接客で、玉城章子《たまきしょうこ》という二歳年上の女性と一緒にやっている。章子は年配の女性客にヨーロッパのツアーの説明をしているが、夏子は自分の仕事がひと段落したので洗面所に立った。

ビルの中の店舗用の洗面所から戻ってくると、カウンターには誰もいなかった。夏子はカウンターの上に茶封筒が置かれているのに目を止めた。

さっきでるときはこんなものはなかったはずだが、とおもった夏子は、『新川夏子様』という例の宛て名の紙を見た瞬間、腹部に拳《こぶし》を受けたような衝撃を感じた。封筒も宛て名を記された白い紙も、前に郵便受けに入っていたものと同じだった。

中にあったのは夏子の写真だった。こっちを向いて笑っている。入社した年の夏、友人数人と遊びにでかけたときのスナップだ。写真は前の二枚の写真と同じように台紙に貼られ、黒いリボンで飾られていた。

夏子は自分の遺影を見たような気分になった。写真を封筒に戻す。強い緊張に襲われ、吐き気を催《もよお》した。

これまでの二枚の写真。昨日の人形。そしてこの写真。孝彦と仲のよかった留美と真帆は死んでいる。孝彦と愛し合っている夏子も、間もなく死を迎えるというメッセージか。

同僚の玉城章子が、旅行のチラシの入ったダンボール箱を抱えてやってきたが、夏子の顔を見るなり、

「どうしたの、顔真っ青よ。気分でも悪いの?」

と聞いた。

「ううん、大丈夫。あの、カウンターにわたし宛のこの封筒が置かれてたんだけど、どんな人が置いていったか見ませんでした?」

「そうそう、それなんだけど」

章子が不審そうな顔で言った。

「このチラシ取りにいったときに、カウンターの方を見たら男の人がいたの。お客さまだとおもって声かけようとしたら、さっとカウンターから離れてね。カウンターに茶封筒が見えたんで、その人が置いたんだなっておもったけど」

「その男の人ってどんな感じの人ですか?」

「歳は二十一か二ってとこかな。サングラスかけてて。封筒に変なものでも入ってたの？」

「いいえ……」

夏子は否定したが、章子はなにかおかしいとおもったらしい。

「わたしも確信が持てないんで、こんなことというの嫌なんだけど……」

と章子が言う。

「ううん。なんでも話して」

「その人、サングラスをかけてたんで顔はよくわからなかったんだけど、あなたの家のそばの人に似てたのよ。ほら、前にあなたの家に呼ばれたとき、駅で会って紹介してくれた人」

「木山くん？」

「そうそう木山くん。可愛い感じの子だったんでよく覚えてる。それを置いていった子、顎《あご》や首筋の感じが木山くんに似てた。彼があなたになにか持ってきたのかなっておもったのよ」

夏子は章子に、もう一度洗面所に行ってくると言って、店を出た。まだ近くにいるかもしれないと、木山の姿を探してビルの中を歩いた。洋服売り場、小物売り場、バッグや靴の売り場……。

夏子はふと、写真を置いていった人物が夏子のようすをうかがっているかもしれないとおもい、突然立ち止まって周囲を見渡した。すると視界に入った人物がいた。離れた場所だったが、美那だとわかった。美那も驚き、咄嗟《とっさ》に壁の陰に姿を隠したが、夏子の目は確かに美那の姿を捕らえた。

美那が夏子のいるビルに買い物にきても不思議はないが、美那がいたということはどうもひっかかるものを感じた。夏子はおもいきって美那の隠れた場所に行ってみたが、すでに美那の姿はなかった。

孝彦に電話をして、会社のカウンターに置かれた写真のことを伝えると、孝彦はさすがに慌て、途中で待ち合わせて一緒に帰ろうと言ってきた。

S駅のコーヒーショップで、夏子は茶封筒からだした自分の写真を孝彦に見せ、木山によく似た青年がそれをカウンターに置いたこと、彼の姿を探していたらビルの中に美那がいて、夏子と目があった途端に姿を隠したことなどを話した。

「美那ちゃんのことはわからないが、ともかく木山くんに似た子が写真を置いていったっていうんだね」

「ええ」

「もし木山くんなら、なぜ夏子にそんないやがらせをする必要があるんだろう」

「でしょ？　彼があなたを好きで、嫉妬心からわたしに嫌がらせをしたっていうんならわかるけど」

「まさかそんな」

孝彦は苦笑した。

「木山くんの家はうちの隣りだし……。前に郵便受けに茶封筒が入っていたときがあるでしょ。木山くんなら、人のいないときを見計らって、いつでも入れられるわよね」

「彼に聞いてみる？」

「そんなこと聞けないわ。聞いても否定するとおもう」

コーヒーショップをでた夏子と孝彦は、駅前の商店街を抜け、住宅の並んでいる道を歩いた。自宅の見えるところまできたとき、孝彦が声を出した。

「家に明かりがついてる」

樹木の陰になっていたが、居間の窓が明るかった。孝彦は駆け出し、夏子も続いた。玄関のノブを回すと、鍵がかかっていたので、鍵を開け、孝彦が先に立って中に入った。家のどこかでゴトッと物音がした。

家に入った夏子は立ちすくんだ。

玄関を上がったところに三畳ほどの板張りのフロアがあり、そこから縦に廊下があるのだが、明かりがついていて、廊下と壁に血が飛んでいるのが見えた。

廊下の奥の左手、夏子の部屋でガタガタッと大きな音がして義姉の由子が飛び出してきた。義姉はよろめいて廊下に倒れたが、足を怪我《けが》したのか起き上がれない。

「あ……、ああ」

顔がひきつり、手が助けを求めるように宙を掻いた。服とてのひらが血に染まっている。

再び夏子の部屋で争うような物音が上がり、美那が部屋から転がりでてきたが、義姉の体につまずいてその上に倒れた。美那ははあはあと苦しげに呼吸し、焦ったようすで逃げようとしている。手には、手打ちの蕎麦《そば》などを延ばすときに使う長い棒を持っている。夏子はわけがわからずその場で体が硬直していた。

まだ誰かいる。夏子の部屋にまだ誰かいるようだ。

孝彦は美那と義姉を廊下の上を滑らすようにして引き寄せ、美那の差し出した棒を受け取った。そのとき夏子の部屋から若い男がでてきた。手に鎌を持った木山だった。木山の母親がときどき庭の雑草を刈るときに鎌を使うが、それらしい。

「木山くん、やめろ！」

孝彦が叫んだが、木山は孝彦の脇を擦り抜け、床に倒れていた由子をめがけて鎌を振り下ろそうとした。その鎌を孝彦が棒で下から叩き、鎌を握った木山の腕が浮いた。

「やめろ！　落ちつけ！」

孝彦が言うが、木山の形相《ぎようそう》はさらに険しさを増し、つり上がった目は妖しく光っていた。自分がどんな状況にいるのかという判断など吹っ飛んでいるようで、木山は息を荒らげ、歯を剝き出しにして、鎌を持つ手を振り上げる。

木山の腕が鋭く動き、鎌の刃と孝彦の持った棒とがぶつかりあった。孝彦は一度棒を引いた。素早く動いた棒の先は、鎌ではなく木山の顎を打った。

木山は顎をのけぞらせ、その場にくずれるようにして腰を落とした。孝彦の棒が木山の右手を叩き、鎌が廊下に飛んだ。美那ははあはあと苦しげに息をしながらも素早く動いて鎌を取り、木山に奪い返されないように柄を握りしめた。起き上がり、外にでていこうとした由子の腕を孝彦が摑んで引き戻した。

「いやっ、いやっ。放して！　あいつに殺される！」

「義姉さん、落ちついて。話を聞かせてください！」

孝彦は義姉の腕を摑んだ手を離さない。

「木山くん、どういうことなんだ。どうして君は義姉さんを……」

廊下に足を投げ出していた木山は顔を震わせ、義姉のほうを見て、

「そいつに聞いてくれよ！」

と叫んだ。

由子は口を噤《つぐ》んだままだった。

夏子はわからなかった。なぜ義姉がここにいて、木山が彼女を鎌で狙ったのだろう。そして、美那もなぜこの家にいるのか。

「平野さんはどうしてここに……」

と夏子は美那に聞いた。

「ちょうど帰ってきたところだったの。こちらの家で大きな音がしたんで、びっくりして声をかけたのよ。返事がないのでお勝手のドアを引いたら、鍵が開いてて中に入れたの。そうしたら木山くんが鎌で由子さんを殺そうとしてたのよ」

「木山くん、どういうことなの。なんであなたがうちの義姉にこんなことしなきゃならないの」

夏子が聞いたが、木山が唇を結んだままだったので、さらに言った。

「きょう、わたしの勤め先のカウンターに、わたし宛の茶封筒が置かれていたわ。中には黒いリボンで縁取りされたわたしの写真が入ってた。あれを置いていったのは木山くんね」

木山は険悪な表情のまま、ふてくされた感じでうなずいた。玉城章子は封筒を置いていった青年が木山に似ていたと言っていたが、やはり木山だったのだ。

「そいつがやれって言ったんだよ。夏子さんの義姉さんが」

由子義姉さんが？

夏子の頭はさらに混乱した。

「前に夏子に届いた写真もそうなのか？」

と、孝彦が木山に聞いた。

「ああ。この女が俺に写真入りの封筒をよこして、ここのポストに入れろって言ったんだ」

「どうしてお義姉さんはそんなことを……」

夏子は意外なおもいで一杯になって聞いた。

「夏ちゃんが羨ましかったからよ！　いつも孝彦さんと一緒にいられて！」

由子は唇を震わせてそう言うと、両手で顔を覆って泣きだした。

「お義姉さんは孝彦さんが好きだったの？」

由子はうなずき、夏子の問いに答えてくれた。——由子は孝彦の兄である康彦《やすひこ》と結婚したころから義弟の孝彦に好意を抱いていたが、子供ができ、夫との結婚生活が長くなるにつれ、孝彦へのおもいが募《つの》るようになった。由子の家はここから二キロほど離れたところにあるが、買い物などでこちらの方へくることも多く、孝彦と夏子が暮らす家を見たり、二人に会ったりすると、孝彦へのおもいを掻き立てられ、夏子が羨ましくてならなかったという。

「でも、義姉さんと兄貴は仲がいいように見えたけど」

孝彦が言うと、

「最初は康彦さんが大好きだったわ」

と由子は答えた。

「わたしの父は学者だったけど、自分の研究のことしか頭になくて、家族は経済的に苦しいおもいをさせられてきたの。だから、わたしからそういう話を聞いて、自分は絶対に家族にそういう苦労はさせないって言っていた康彦さんが頼もしくて、好きだった。でも結婚してみたら、お義兄さんに対してすごくコンプレックスを持っていて、お義兄さんより出世してみせるっていうのが口癖だったわ。いつもいつもとりつかれたみたいに働いて、子供はわたしに任せっきり。しかも絶対に兄貴の子供よりいい学校にいかせろって言う。気持ちの通じ合った会話なんかなかった。大きな家も建ててくれたけど、ちっとも幸せじゃなかった。家族を捨てて自由に生きられたらどんなにいいかとおもったけど、現実にはそんなことはできなかった。夏に法事の打ち合わせでここにきたことがあったでしょ」

「ええ」

「あのとき、孝彦さんと夏ちゃんは縁側で西瓜をたべてたわ。二人とも庭に向かって西瓜の種の飛ばしっこをして、子供みたいにはしゃいでいた。わたしはそんな夏ちゃんが羨ましくてたまらなかった。同じように結婚してるのに、なんでわたしには嫌なことばかりあって、この人はこんなに幸せなのかって。しかも結婚相手は孝彦さんだったし。夏ちゃんのことは可愛いとおもってたのに、幸せな夏ちゃんを見てたら、憎くて憎くてしょうがなくなったの」

「それでわたしに亡くなった留美さんや千谷真帆さんの写真を送ったんですね」

「そうよ。きっと気味悪がって、あれこれ調べるんじゃないかとおもってね。法事のときに夏ちゃんは篠塚留美ちゃんのことを聞いてきたけど、もし聞かなかったら、適当なときにこっちから教えてやろうとおもってた」

由子は唇を歪《ゆが》めて笑った。

「孝彦さんと仲よくした人は死ぬっていうメッセージだったんですね」

「ええ。昔、孝彦さんが篠塚留美ちゃんとつきあってて、彼女が病気で亡くなったって聞いたんで、ラッキー、利用できるっておもったのよ」

「写真はどうして手に入れたんですか」

「簡単だわ。わたしはときどきここに遊びにきてたでしょ。孝彦さんが昼寝してたり、あなたがお買い物に行ったりしたときに、ちょっと探させてもらったの。写真がたくさん入った箱がいくつか見つかったから、そこからとったわ」

「包帯に包まれていたわたしの人形も？」

「あれは木山くんに物置の鍵開けて、だしてもらったのよ。木山くんは孝彦さんが鍵を開けるのを見たことがあって、鍵が開く数字をおぼえていたの。人形はわたしが置きにいった。家で服を焼いたり、カッターで傷つけたりして、遊んだあとに」

「わたしは平野さんがやったんだとばかり……」

と夏子が言うと、美那は首を振り、口を開いた。

「実は前からおかしいなとおもうことがあったんで、気をつけてたの。そうしたら、わたし、このごろ体調が悪くて、家で寝ていたりしたんだけど、夜、木山くんが孝彦さんの家の郵便受けになにかを入れたのが見えたの。それが、あたりを見回したりして怪しい感じだったんで、木山くんのようすやここの家のことを注意して見るようになったの。それで、ほら、わたしが夜ここの庭にいたことがあったでしょ」

「ええ」

「あの日も具合が悪くて家で休んでたんだけど、あの日の夕方、木山くんが孝彦さんの家の庭の物置のところにいるのが見えたの。おかしい、なにしてるんだろうとおもってたら、夜遅く、誰かが、孝彦さんの家に近づく気配があった。それが由子さんだった。由子さんが立ち去った後で行ってみたら、夏子さんの部屋のそばに包帯に包まれた塊があった。なんだろう、気持ち悪いとおもっていたら、夏子さんがきたんで、わたしがやったとおもわれたら困るとおもって、家に入ったの。でも、それで気づいたことがあったのよ。木山くんは由子さんと組んで、夏子さんに対してなにかしてるんじゃないかって」

「そういえば、美那さんはきょう、わたしの働いているビルにきましたよね」

「ええ。夏子さんに見られて、きまりが悪くなって逃げちゃったけど。わたしはきょう木山くんが家をでるときから後をつけてたの。夏子さんになにかするんじゃないかっておもったから。そうしたら案《あん》の定《じょう》人のいないときを見計らって封筒をカウンターに置いた。それを見た夏子さんは顔色を変えたわね。それで、やっぱり木山くんは怪しいんだ、とおもったのよ。木山くんと由子さんがね」

美那の話に夏子はようやく納得がいった。美那は夏子のことを心配してくれていたのだ。

「なぜ美那さんはそこまでわたしのことに……」

「わたしも嫌がらせをされてたのよ。証拠は摑めなかったけど由子さんじゃないかとおもってた。家のそばで由子さんを見かけたとおもったら、庭の花が荒らされたりね。わたしが孝彦さんと幼なじみで仲がいいんで、由子さんはわたしを憎んでいるんじゃないかとおもったわ。それと木山くんの家の犬が殺されて、木山くんのおかあさんがわたしがやったって騒いでたことがあったけど、あれも由子さんがわたしを陥《おとしい》れようとしてやったんじゃないかとおもってたの。それで、わたしがこんなふうにされているんだから、孝彦さんと暮らしている夏子さんにもなにかあるんじゃないかとおもっていたの」

「義姉さんと木山くんとはどういう関係なんだ」

孝彦が由子と木山を見て言った。

「俺はこいつに脅されてたのさ」

と、木山は由子を見て言った。

「二年半くらい前になるかな。俺は成績のことでストレスが溜まってて、ときどき友だちのバイク借りて走ってたんだけど、夜、若い女が前を歩いてたんで、後ろからバイクであおって脅かしたんだ。女は驚いて駆けだして、走ってきた車の前に飛び出してはねられた。それが千谷真帆さんだよ。焦った俺はすぐにその場から逃げたんだけど、それを由子に見られてたんだ。その後こいつは俺を誘って、寝るようになった。俺と関係を持つことで俺を動かそうと考えたのさ。そして、俺に美那さんや夏子さんにいやがらせをするように強要した。バイクのことがあるんで従わないわけにいかなかった。言うとおりに動いてたんだけど、美那さんは俺がやってるんじゃないかと気づいているみたいだった」

美那はうなずいた。

「こんなことしてるうちに夏子さんにも気づかれるんじゃないかとおもった。俺がそのことを由子に言ったら、こいつは、夏子の家にばかり近づくとバレるから三枚めの写真は会社に持っていけと言った。こいつは孝彦さんと仲のいい人は誰でも憎いんだ。うちの母と美那さんの間で犬のことでゴタゴタしたとき、うちの母が可愛がっている犬を殺して美那さんがやったように噂を流せと言った。俺は泣く泣く言われた通りにした。俺はあんまりその犬が好きじゃなかったけど、嫌なものだった。そして怖くてたまらなかった。こいつが美那さんや夏子さんを怖がらせているうちに、俺のやってることはきっとバレるとおもった。それと、こいつが生きてること自体が怖くなってきた。俺にとんでもないことを要求するんじゃないかとおもったからだ。今夜こいつがここにきたのは、夏子さんの服を盗むつもりだったのさ。そう俺に言ってた」

「ここにはどうやって入ったの?」

夏子が聞くと、

「由子は結婚してしばらく、この家で旦那さんの親や孝彦さんと同居していたことがあるんだよ。玄関の鍵は替わったけど、お勝手のドアの鍵はそのままなんで、昔から持っている合鍵が使えるんだ。さっき、俺は自分ちの庭にいたんだけど、こいつがこの家に近づくのを見たら、もう堪《たま》らなくなった。こいつが家に入ったのを見て、俺は鎌を持って中に入ったんだ」

木山の顔は激しい怒りに歪み、声が大きくなってきた。

「こいつは孝彦さんを愛していると言ってるけど、嘘だ。そう言うことで自分を正当化してるんだ。今の生活に不満があるというなら、そんな生活やめちまえばいい。こいつは周りの人間にいやがらせを続けるのが楽しいんだ。周りの人間を嫌な気分にさせ、互いを疑わせたり脅えさせたりするのが面白いんだ。千谷真帆さんが亡くなってから俺は自分がしたことを後悔し続けた。怖くて眠れない日もあった。なのにこいつは嫌なことばかり俺にさせて面白がってたんだ」

木山が興奮のあまり喘ぎ喘ぎ言う。

嫌な予感が夏子の頭を掠《かす》めたそのとき、なにかを察して由子が立ち上がり、玄関に向かって駆けだした。木山が美那を殴って、鎌を奪い取った。孝彦が止める間もなかった。

由子が悲鳴を上げて逃げようとするが、木山の持った鎌が由子の背中を打ち、ついでドスッと音をたてて肩に入った。引き抜くと、赤い飛沫《しぶき》が飛んだ。

「逃げろ！　早く！」

孝彦が夏子たちに叫び、夏子と美那は家の奥へと走った。後ろから孝彦が二人を護《まも》る。

由子の悲鳴と木山の罵声が聞こえた。夏子は無我夢中で走りながら背中に、夫の腕の温かさを感じた。

勝手口のドアから外に飛び出し、気づいたときは美那と二人で手をつないでいた。玄関のほうに戻ったらしい孝彦の声と由子の悲鳴を聞いて駆けつけてきた近所の人たちの声が聞こえてきた。

夏子はそれまで経験したこともないショックと重苦しい苦しみの中で何日かを過ごした。さらに何十日かが過ぎた。

木山に刺された由子は出血は多かったものの命に別状はなかった。夏子は親しくしていた青年と義姉のしたことに衝撃を受けたが、それは自分のように平凡に暮らしている人間に、人の心の中の暗い渦のようなものがぶつかってきたという衝撃だった。

由子が刺されたと知った由子の夫や子供二人のショックは大変なものだった。由子の容態を案じる夫の姿に、由子は激しい後悔に襲われ、入院している病院で泣き続け、自分が傷つけた人たちに詫《わ》び続けた。夏子は、木山と由子が、ああして夏子たちの前で、憎悪も含めた自分の気持ちをこと細かに語ったことに、不思議な感じさえ抱いたが、それを人に聞いてもらいたいという欲求を長いこと抱えていたのかもしれないとおもうようになっていた。

つらい事件ではあったけれど、夏子は心から謝ってくれた由子に心を動かされ、由子やその家族に、以前よりもっと親身に接するようになった。

日曜日、買い物にいくために孝彦と街を歩いていると、平野美那に会った。互いに笑顔で挨拶して行き過ぎた。

事件の後夏子は美那に、彼女を疑っていたことを詫び、自分のことを心配してくれていた礼を言ったが、美那から、

「だって隣り同士じゃないの。ちょっとこっちが気をつけていれば、なにか防げることがあるか

もしれないとおもったのよ」

と言われたときは、胸が熱くなった。

「美那さん、綺麗になったわね。前とは別人みたい」

と夏子は孝彦に言った。

「つきあってる人がいるんだってさ」

「ほんと?」

「この間帰りに駅から一緒になったときに、さんざんノロケられたよ」

孝彦は笑い、夏子は美那の幸福が自分のことのように嬉しかった。

夜の客　図子 慧

（ずし・けい）

愛媛県出身。一九八六年に第八回コバルト・ノベル大賞を受賞。学園小説、恋愛小説作品を多数発表し活躍。近年は、ミステリー、SF、ホラーなどへの深い造詣を生かした作品も多い。作品には『イノセント沈む少年』『ラザロ・ラザロ』『媚薬』『閉じたる男の抱く花は』『蘭月闇の契り』などがある。

深夜の国道を光の帯をひいて車が流れてゆく。

彼は自転車のサドルに腰をのせ、車が途切れるのを待った。排ガスと、テールランプの赤い光。ぼんやり眺《なが》めていると、われ知らず身体《からだ》が前に傾いて車道に飛びだしそうになる。

——しょうがねえな。

いつのまにか前輪がラインからはみ出していることに気づいて、彼は自転車を後ろに下げた。

国道のむこうには、コンビニが明るい光を放っている。付近には店はおろか民家もない。その店で彼は午後十時から午前八時まで働いている。

白い乗用車が通過したあと、路上はいっとき空っぽになった。だが、彼は動こうとしなかった。右手の暗闇に、ふいに一対のヘッドライトが現れた。まばゆい光の背後に、大型トラックのフロントが浮かびあがる。

轟音とともにトラックが通過していった。直後、彼はすばやく左をみて国道を横断した。

国道の西側は、崖に沿った大きなカーブになっている。直前になるまで車がみえないため、事故が多い。三ケ月前も、同じ店の深夜シフトの学生が事故死したばかりだった。深夜勤がいなくなったため、彼が雇われたのである。

十時間働いて時給は千百円。うち六時間は彼ひとりの勤務になる。ろくに勤め先もないこのあたりでは、マシな仕事だった。

以前、働いていた炉端焼きの店は、潰れて今は貸店舗の看板がたてられている。

店の駐車場には、車が一台しか入っていなかった。改造済みの赤いレビン。音量全開の椎名林《しいなりん》檎《ご》にあわせて、レビンが振動している。

公衆電話の前にたむろしている男たちの中に、知った顔をみつけて自転車を停めた。

「やあ」

山根《やまね》は、タバコをふかしながらだるそうに笑った。中学のときの同級生で、今は大工をしている。十代で結婚してふたりの子持ちだった。

「よう、ノブやん。今からお仕事?」

「ああ、そっちは上がり?」

「つうか酔いをさましてんの。途中で検問張ってるいうんで。店の邪魔してわりぃな」

「捕まンなよ、おまえ」

山根の隣《となり》で電話中の男が、ちら、とこちらをみた。山根の仕事仲間らしいが、挨拶《あいさつ》する気はないようだ。彼はさりげなく視線を外した。

「じゃあ、いくわ。店長がみてるし」

「そのうちに飲みにいこうな」

山根にうなずいて、ガレージの横へ自転車を押していった。給湯器のパイプにチェーンロックを回して鍵をかけた。

田舎《いなか》とはいえ、自転車やバイクの盗難は結構多い。本体ではなくキーだけを抜いてゆく不心得者もいる。以前はバイクで通勤していたのだが、燃料タンクのキャップを盗まれたあと自転車に変えた。

「遠野《とおの》です。入りました」

タイムカードを押したあと店を覗《のぞ》いて、店長と丸岡《まるおか》に挨拶した。客は何人かいたが、レジの前に列はなかった。制服に着替えて、入念に手を洗った。

「いつも早いわねえ、遠野くん」

ゴミ袋を手に持った丸岡が入ってきた。ずんぐりした五十代の女で、夫と死に別れたあと、姑《しゅうとめ》と子どもふたりの生活のために、昼間は工場でパートをしている。

「お父さんの具合、どう?」

「はあ、なんとか」

「あたしも肩が痛くてさあ。腕があがんないんだよね」

そういいながら両手にゴミ袋をひとつずつぶら下げて、丸岡は外にでていった。彼は帽子をかぶり、エプロンをつけた。

家にいてもすることがないのではなく、単に家にいたくないから、早めにでてくるのだった。父親は入院中で、祖母は寝たきり。昼間働いている母と交代で面倒をみている。

店長は、レジで売り上げを精算中だった。「きた早々で、悪いんだけど」といった。

「表のゴミ、始末してくれない？」

「はい」

山根らはまだいて、車のそばで話し込んでいた。彼が空き缶の処理をはじめると、ようやく腰をあげた。

「んじゃな」

「ああ。捕まらないようにな」

赤いレビンを見送ってから、空き缶の袋を店の横の専用容器に投げこんだ。

十分後、精算をおえた店長が帰っていった。

さっそく丸岡が、レジの下から椅子《いす》を引っ張りだして腰をおろした。唇が土気色で顔にうっすらと汗が浮いている。心臓かどこかが悪いのかもしれない。

丸岡が、遠慮がちにいった。

「ちょっと裏で休んでもいいかな」

ダメともいえず、どうぞ、というと、丸岡は壁にぶつかりながらバックヤードに消えた。それっきり戻ってこない。覗きにいくと、丸岡はダンボール箱を並べた上に仰向けになり、地響きのようなイビキの音をたてていた。

――しょうがないオバハンだな。

腹は立ったが、忙しいわけでもなかったから放っておいた。客の相手をしたり、店内にモップをかけたりしているうちに十二時になった。彼は丸岡を起こしにいった。

「丸岡さん」

熟睡している丸岡に声をかけた。

丸岡はビクッと身動きして、眼をあけた。たちのぼる酸っぱい寝汗の臭いに、彼は後ろに下がった。

「あら、何」

「十二時なんで」

あらまあ、といいながら丸岡は起きあがった。

「ぐっすり寝ちゃったわ。忙しかった?」

「ま、それなりに」

レジの中で文房具に値札を打っていると、丸岡がやってきた。

「ごめんね、今日は」

「構いませんよ、店長には黙ってますから」

休憩が多いのが難だが、丸岡は悪い相方ではない。時間には正確だし、店にいる間はよく働く。

丸岡が居眠りした埋め合わせに店番をするというので、彼は廃棄品の弁当と、ウーロン茶を持ってロッカールームに引っ込んだ。防犯カメラの映像をみながら食べていると、客がひとり入ってきた。

スウェットのフードを深くかぶり、マスクで顔をおおっている。最近よく顔をだすようになった客だった。気味は悪いが、買い物が済めばさっさと帰る。だが、慣れていない丸岡が不安そうに防犯カメラをみあげるので、彼は弁当を置いて店にでた。

「レジ、やりますから」

フードの客は、牛乳パックとクリップ、包帯を持って、レジにやってきた。読み上げながら値段を打ち込んだ。「五百十三円になります」というと、客の手がさっとカウンターの上を動き、五百円玉と十円硬貨がふたつ現れた。

釣り銭をだしたが、そのときには客はもう荷物を持ってドアに向かっていた。彼は釣り銭の七円を、寄付金箱にいれた。

丸岡が小声でたずねた。

「今の人にお釣り、渡してないでしょ」

「いいんです。あの人、いつも受け取らないんです」

「へえ、よくくるんだ。なんか気味悪いわねえ。強盗かと思ったわよ」

丸岡は三十分ほど品だしを手伝ってから、帰っていった。

彼は裏口のロックを確認し、ウォークインに入って缶飲料の補充をはじめた。入り口の自動ドアが動いて客が入ってくると、レジにでた。

深夜くる客はだいたい顔見知りだった。常連でなくても、みなどこか似通っている。おどおどしながらおにぎりを買いにくる老人や、座りこんで雑誌を読みふける中学生。菓子を山ほど買う肥《ふと》った男。店の隅でいちゃつきはじめるカップル客には、毎度うんざりする。

午前三時前になると、夜更かしの客も一段落して、いっとき暇になる。店内が空っぽになり、心なしか天井の照明が翳《かげ》ったように薄暗く、霞《かす》んでみえた。

疲労がピークに達する時間だった。

彼はバックヤードの入り口に丸椅子を置いて腰をおろし、壁にもたれた。

会社、ヤッパ、辞めんじゃなかったなあ、とつぶやいた。

仕事を覚えるのは楽しかったし、上の人にも可愛がられていた。辞めたくなかった。祖母が寝たきりになり父親が入院しても、ずっと東京にいたかった。母の懇願に負けて帰郷したものの、後悔しなかった日はない。

こんな生活をいつまで続けなきゃいけないのだろう?

彼は眼をつむったまま、国道を走る車の音をぼんやり耳で追った。

深夜、ひとりで店に座って、車のうなりを聞いていると、妙に気持ちが安らいだ。この場所は、朝までおれのものだと思った。おれひとりのもの。

ドアが開いて客が入ってきたが、彼はまだ眼をつむっていた。客は静かに店内を歩き回っている。コツコツというヒールの音。女だろうか。

なにげなく、そちらをみた。それきり客から眼が離せなくなった。

若い女だった。ピンクのアンゴラの半袖のセーターに、革のミニスカートをはいている。すらりとした足には赤いブーツ。

頬は薔薇《ばら》色に輝き、切りそろえた前髪と長い髪、大きな眼はまるで生きた人形だった。あまりにかわいらしく完璧すぎて、なんだか現実離れしてみえる。

彼は、口をあけて見とれていた。女がレジの前で困ったような顔をしたので、あっと思って立ちあがった。顔から火を噴きそうだった。

あわててレジに入った。

「すみません」

うつむいて値段をレジに打ち込んだ。桃の天然水と、五十円の消しゴムと。

眼の前に、革のスカートと白いほっそりした手があった。指の関節がピンクに染まった綺麗な手だった。指輪はない。甘い香りにボウッとしながら、金を受け取り釣り銭を渡して、品物を袋に入れた。

「どうもありがとうございました」

彼女がチラッと白い歯をみせて微笑んだ。赤い唇の間からのぞく、白い小さな八重歯が愛らしかった。

「サンキュ」

客がでていったあと、彼は雑誌コーナーに駆けつけて外を覗いた。

今の女客がどんな車できたのか確かめたかったのだ。だが、駐車場は空っぽだった。白転車もバイクもなかった。たった今でていったはずの彼女の姿も。

わけがわからなかった。

彼は、あの女客の来店を心待ちにしながら働いた。だが、彼女は現れなかった。客の多い夜で、駐車場で高校生が群れてゴミをばらまき、ゲロを吐いた。後始末しながら彼は泣きたくなった。フードをかぶった常連客は、今日も同じ時刻に音もなく入ってきて、同じ銘柄の牛乳とクリップ、包帯を買っていった。

土曜もいいことはなにもなかった。

店長が精算中に、「この店、なんでか包帯が売れるんだよね」と首をひねった。

日曜の夜、もう諦めようと思いながら値札を打っていたとき、彼女がやってきた。三日前と同様、午前三時。ピンクのサマーセーターは、この前会ったときより薄い色にみえた。それとも似た色のセーターを、何着も持っているのかもしれない。

彼女は、客のいない店内を静かに歩き回っている。完璧な横顔。横からながめると、意外にボリュームのある胸。セーターの下の肢体を想像しただけで、腰のあたりに痺《しび》れに似た感覚が広がった。

彼女は今夜は、イチゴ牛乳とエンピツを買った。レジを打ちながら、彼は話しかけたい気持ちをこらえた。余計なことをいうと、二度ときてくれないかもしれない。こんな綺麗な人の視野に、コンビニの店員が入っているはずがない。

「どうもありがとうございました」

彼女は微笑んだ。

「サンキュ」

彼は、スタンドの雑誌を直すふりをしながら、ガラスごしに彼女の後ろ姿をながめた。駐車場をでてゆく後ろ姿がちらっとみえた。やはり徒歩だったのだ。

しかし、国道を東にいっても、山ばかりで民家は一軒もない。二百メートル離れた場所に喫茶店があったのだが、だいぶ前に潰れていた。

それとも、離れた場所に車を停めているのだろうか。

駐車場に車が入ってきたので、後を追うのを諦めて、レジにもどった。

「よう」

山根だった。

灰色のスウェットの上下をきて、むくんだ顔をしていた。ふくらんだ眼の下が黒い隈《くま》になっている。

「ホット、くんない？」

ホットコーヒーをケースからだして渡すと、山根は百二十円をだして、プルトップをひきあけた。カウンターに寄りかかって、大きな息を吐いた。

「どうしたの」

「ヨメに叩きだされてさ」

「夫婦ゲンカか」

「つうか、車、ぶつけられて。スナックの子を家に送っていく途中で、点滅信号の交差点でこっちが優先だってのに、いきなり横腹に突っ込んできやがった。『バカ野郎』って怒鳴りながらでていったら、逃げられてよ。ドア一枚かえたよ」

「でも、事故証明をとれば保険ででるだろ」

山根は苦い顔をした。

「警察なんか呼べるわけないじゃん。ベロベロに酔ってたんだから。おまけにぶつかった拍子に女が座席から落ちて、額のここんとこ切って十針縫ってさ。治療費と慰謝料払えって。二百万なんて払えるかつうの」

「金のことで、奥さんとケンカになったのか」

山根は、不味《まず》そうに缶コーヒーを飲み干した。

「まァ、他にもイロイロと」

「浮気？」

「るせェな。ちょっと遊んだだけだよ」

山根はぶつくさいいながら、膝を曲げて床に座りこんだ。下からみあげながら「おまえはどうなんだ」と逆襲してきた。

「おまえだって、女とやりてぇだろ」

「枯れちまったよ、もう。眠いだけ」

「ったく、つまんねえ野郎だね」

ひとしきり愚痴《ぐち》をこぼすと気が済んだらしく、山根はマイルドセブンを買ってでていった。

その後は朝まで客はこなかった。彼はレジの後ろでうつらうつらして、月曜朝の、雑誌が届く重い音で眼をあけた。拾いにでると、駐車場に薄い霧がでていた。

谷から冷たい霧があふれだし、駐車場にたまっていた。曙光は隠されて、ただ乳白色の世界が広がっている。車のヘッドライトが、おぼろな月のように視界を横切っていった。

いっとき、その光景に見入ってから、彼は店に戻った。

彼女は三日おきに、店にやってきた。買うのは必ず清涼飲料水と、文房具を一個。深夜のコンビニまで、わざわざ足を運ぶほどの商品ではない。

――なんで夜中にくるのかな。

ひとりで深夜勤をしながら暇にまかせて考えた。深夜の客は、たいてい夜中に買い物にくる理由を持っている。働かずに家でブラブラしているから昼間外出しづらいとか、過食症だとか、夜勤帰りなどなど。フードの客のように、人目を避けたがっている人間も多い。

だが、彼女はどのタイプにも当てはまらなかった。夜勤帰りにしては手ぶらだし、長居するわけでもない。どういう目的で店にくるのか、まるで見当がつかなかった。

――もしかして、おれに会いにくるのかな。

まさか。うち消したが、内心ではその可能性を信じたがっていた。彼女が男連れで現れる日までは、自分は夢をみつづけるだろう。願わくば、この夢がいつまでも壊れませんように。

深夜の女客のことはだれにも話さなかったが、内心うきうきしているのが顔にでるらしく、店長に聞かれた。

「なにかいいこと、あったの?」

「いえ、なんにも」

呆《ぼ》けた祖母はあいかわらずオムツを嫌がり、母は毎夜、疲れた顔で帰ってきては愚痴をこぼす。

バイトの相方である丸岡も、最近休みがちだった。いいことなんて、ひとつもない。彼女のことをのぞけば。

——辞める潮時かもな。

夜勤の間中、考えていた。地元でずっと暮らす気はなかったから、バイトでいいと思っていたが、東京には戻れそうもないし、そろそろ正社員の仕事を探すべきだろう。祖母の介護も、家族だけでみるのは限界に近づいていた。

よし、と、彼は心を決めた。早速職探しをはじめよう。それから祖母の預入れ先を探して、そして、次に彼女がきたら声をかけてみる。いらっしゃいませ以外の言葉で。

日曜日の夜、山根が酒臭い息を吐きながらやってきた。

「ホットコーヒーくれよ」

「うちは喫茶店じゃないぞ」

そういいながら、彼はホットの缶コーヒーをだした。

「おごりだ。事故るなよ」

山根はうまそうにコーヒーを飲み干した。カウンターにもたれて、実家に帰ってしまった妻子の話をした。タバコに火をつけようとしたので、やめさせた。

「ああ、わり。じゃあくわえているだけなら、いいか?」

「客がきたら引っこめろよ。店内禁煙なんだから」

「わかってるって」

店のドアが開いた。彼女だった。

いつも彼ひとりしかいない店に、山根がいたので、一瞬ドアのところで足をとめたが、そのまま入ってきた。山根は、タバコを手に持ったまま、眼を丸くしている。

レジにきた彼女に場所を空けながら、「失礼」といった。

「今夜は冷えますよね」

彼女は微笑んだ。

「夜勤の看護婦さんかなにか」

彼女は微笑を浮かべたまま、なにも答えない。

「それくらい教えてくれてもいいじゃない。お高く止まらないでさ」

レジを打ちながら、彼はハラハラした。山根に目配せしたが、無視された。殴り倒してやりたかった。

「五百二十円になります」

ぴったりの金額で彼女は支払った。袋につめて手渡すと、「サンキュ」といって店をでていった。

山根は伸びあがるようにして後ろ姿を見送っている。

「すげえ美人だな。よくくるのか」

「そうでもない」

山根は店の外にでていったが、すぐに首をひねりながら戻ってきた。

「見失った。車できたわけでもないのに、どこにもいない」

「それよりおまえ、家に帰らなくてもいいのか」

「女房もいないのに、帰ったって仕方ねえよ。それにしてもこんな夜中に、歩いて買い物にくるなんて化け物じゃねえのか。まあ、あんな美人なら化かされてみたいけどよ」

「そうだな」

彼は笑って外をながめた。暗闇をヘッドライトが疾走してゆく。

いったいどこからくる女なのだろう？

店の客は、たいてい服装や買い物の内容、態度から、どんな生活をしているか透けてみえる。だが、彼女の場合はいくら観察しても、背後にある生活が浮かんでこなかった。家族も、家庭も、職業も、まるっきり謎めいている。

「あとをつけて家を確かめてやろうか」

山根が心を読んだようにいった。必要ない、といいかけて、気が変わった。

「できるのか」

「ああ、今は仕事も暇だし。毎晩くるんだろ？」

「いや、三日おきぐらい。次にくるのは、たぶん木曜日の夜じゃないかな」

「だったら、木曜の夜に見張りをしてやるよ。車で」

話はまとまった。

木曜、いや金曜日の深夜午前二時半にくるよ、といって山根は帰っていった。

木曜日、雨がふった。丸岡は出勤してきたが、案《あん》の定《じょう》店長が帰るとまたバックヤードに寝にいってしまった。そのくせ、帰る時間にはきっちり眼をさまして、タイムカードを押して帰る。

「ごめんなさいね」

謝りはするが、内心ナメられているようで不快だった。明日にでも店長に事情を話して注意してもらおう。さすがに十時間をひとりでこなすのは、身体が持たない。

雨は午前二時ごろ上がった。暗い雲の切れ目で星が輝きはじめた。

雨が上がるのを待っていたかのように、赤のレビンが、駐車場に入ってきた。車窓から山根が顔を突きだして、たずねた。

「もうきたか？」

「いや、まだ」

帰ってくれ、とは口にしなかった。結局、山根と自分に、大したちがいはないのだ。ふたりともさもしい下心から、女の身元を突き止めたがっているだけだった。

午前三時五分前。

ドアが開いた。彼女がいつもの、重力を感じさせないような軽やかな足取りで入ってきた。

「こんばんは」

耳まで熱くなりながら、彼は挨拶した。後ろめたくて顔をあげられなかった。

「こんばんは」

彼女は微笑むと、冷蔵庫にむかった。店をひとまわりして、飲料ヨーグルトと、百二十円のセロテープを買った。三百五十円。

「サンキュ」

品物を受けとって、店をでてゆく。

彼女が外にでると、レビンのエンジンがかかった。彼は雑誌のコーナーから、外の様子をうかがった。

駐車場をでてゆく彼女を追って、レビンが滑るように動きだした。山根は成功するだろうか。突き止められるだろうか。

彼はレジに座り、時計をみながら待った。しかし、朝になっても山根の車は戻ってこなかった。

半日後、寝不足の頭で彼は出勤した。山根の尾行の結果が気になって眠れなかったのだ。何度か山根の家に電話をかけたが、ずっと留守電になっていた。

山根のやつは、あのあとどうしたのだろう。まさか、彼女をナンパしてよろしくやっていたのではないだろうな。

今夜は店長に丸岡の話をするつもりだったが、山根のことで頭がいっぱいで、それどころではなかった。第一丸岡がいては、店長に話などできるはずがない。

機械的に掃除、品だし、値札打ちといった作業をこなし、客の相手をした。

暇になったので弁当でも食おうかと考えていたときだった。馴染みのエンジン音がした。いつのまにか駐車場に山根の赤いレビンが停まっている。

彼は急いで外にでた。

「おい、昨日はどうしたんだよ?」

山根は運転席に座ったまま、にやにやしている。

「バッチシ突き止めたぜ」

「ほんとか」

「この先に右に入る市道があるだろ。あの先にラブホができてんだよ。今なら会えるから一緒にいこうぜ。店なんか閉めちまってさ」

「あの子、ラブホの従業員なのか」

山根は含み笑いした。

「働いてるのは確かだな。さあ、乗れよ」

彼は、店を振り返った。

「無理だよ。仕事中なんだ」

「二時間くらい閉めたってバレやしないだろ。チャンスだぜ」

彼は考えた。確かに二時間ぐらいなら、店を閉めてもどうってことはない。もし店長に知られたときは、気分が悪くなったから休んでいたと言い訳すればいいのだ。ここ二週間休みを取ってないのだから、その程度は許されるはずだ……。

「ちょっと待ってくれ」

彼は店に引き返した。

電源箱をあけて、店の照明と自動ドアのスイッチを切ろうとしたときだった。

「遠野くん」

いきなり背後から声をかけられて、飛びあがった。

丸岡のずんぐりした身体が戸口のところにあった。そうだった。丸岡がまだ店にいたのだ。すっかり忘れていた。

「ごめんね、ずっと寝てて。手伝うことあるかしら」

「いいですよ、帰って」

焦りながらいったが、丸岡は首をふった。

「もう平気よ。休んでいた分、手伝うわ」

そういって箒《ほうき》を手にさっさと店をでてゆく。丸岡が駐車場の掃除をはじめると、山根のレビンが動きだした。うるさいのがきたと思ったのだろう。

「山根」

あわてて追いかけたが、車はいってしまった。

――ちくしょう。

彼は落胆しながら、店のほうをふり返った。丸岡はせっせと駐車場を掃いている。くたびれた丸い背中をみているうちに、怒りは萎《な》えてしまった。ため息がもれた。

しかたないか。

そう思いながら、彼は、丸岡に声をかけた。

「ちょっと休憩とってきます」

山根が事故死したことを知ったのは、週明けだった。朝、帰ろうとしたとき、山根の妻から店に電話がかかってきたのだ。

「もしかすると、聞いてないかもしれないと思って」

山根の妻は淡々と説明した。

金曜日の午前三時ごろ、山根の車は、国道のカーブを曲がりきれず対向車線にはみ出して、トラックと正面衝突したのだという。トラックの運転手は軽いケガで済んだのだが、山根はほぼ即死の状態だった。遺体の損傷がひどいため、先に火葬して今日葬儀を行うのだといった。

「それで、あの人、あちこちに借金をしてたんです。遠野さんにもお金を借りてなかったですか」

彼は呆然としていた。いいえ、というのがやっとだった。

しどろもどろで悔やみをいって電話を切ったものの、しばらくぼんやりしていた。

金曜日の未明に山根が死んだというのなら、次の夜、おれが会ったのはだれだったのだろう？

山根はしきりにおれを車に乗せたがった。いったいどこへ連れて行こうとしていたのか。

思い立って、山根が話していたラブホテルを探してみることにした。確かあいつは店をでて最初に右に入る市道といっていたっけ。しかし、それらしい市道はみつかったものの、一車線の道の舗装はじきに消えて、次第に先細りになり、鬱蒼《うっそう》とした山の斜面で消えてしまった。途中、ホテルはおろか民家すらなかった。

やっぱりな、と彼は思った。安堵があった。山根はとっくに死んでいたのだ。おれは仕事中に居眠りをして、山根に会った夢をみたのだろう。ラブホテルが存在しなくて当たり前。彼女の行き先はわからない。それでいい……。

自転車のむきをかえて、家に帰ろうとした。そのとき、視界の隅を白いものがかすめた。森の奥に眼を凝《こ》らすと、カーテンのように垂れさがった蔓《つる》のむこうに、白い看板らしきものがあった。『立入禁止』の立て看板だった。行き止まりと思った木立の下に、車の轍《わだち》が続いている。

彼は自転車を道ばたに停めると、轍に沿って歩きだした。

小さな峰をこえて坂道に入ったとき、ゴムを焼いたときのような、異臭がただよってきた。眼の下に広がる急斜面に、おびただしい数のマネキンが廃棄されていた。つるりとした頭に、一昔前の派手なメイク。灰色がかった身体が、崖の途中や幹に引っかかって虚空をみつめ、ポーズをとっている。

身を乗り出すと、谷底に大量のマネキンが折り重なっているのがみえた。焼却しようとしたのか大部分が黒く焼けこげて、無惨な姿をさらしている。なにやら大量虐殺のあとをみるようで、彼は気分が悪くなった。崖の途中に、一体のマネキンが横倒しになっていた。眼を引いたのは、このマネキンが服を着ていたからだった。ピンクの半袖に、黒っぽいミニスカート。宙にはねあげた片足は、膝までの赤い長いブーツに包まれている。

頭部は、草におおわれてみえない。

まさか。

彼は赤いブーツを凝視した。心臓が激しく打ちはじめた。彼女かもしれない。殺されて、ここに遺棄されたのではないか。

震える手で灌木の枝をつかみ、そろそろと赤いブーツに近づいた。口の中が干上がっていた。しかし、崖の半ばまで降りたとき、それがマネキン以外のなにものでもないことがわかった。折り曲げた肘と、指の先が欠けて灰色の芯が覗いている。ブーツとセーターは雨に洗われて色あせ、革のスカートは泥まみれだった。

彼は足をとめて、顔にたかる蠅を払った。マネキンの周囲には、胸がむかつくような甘ったるい臭いがたちこめていた。マネキンの全身をなにかが動いている。蟻と蠅、その他名前も知らない白い蛆虫《うじむし》が、ねばねばした樹脂の肌を蠢《うごめ》いている。地面に接したボディは、粉のような蟻塚の土塊でおおわれ、巣と一体になっていた。そこら中に、破れたペットボトルに飲料の紙パック、粉々になった消しゴムが散乱している。手前の草むらに、見慣れたものをみつけて、心臓が一拍とばした。コーヒーの空き缶に、タバコの吸い殻。

どちらも真新しい。山根が好んで買っていた銘柄だった。あいつは、ここにきたのか。いつ？髪の毛が逆立つような感覚があった。恐怖が胸を突きあげ、彼は這うように斜面をかけあがった。無我夢中で自転車をこいで逃げ帰った。

その日の夜も仕事はあったが、どうしても店に出勤することができなかった。電話で、店長に辞めると伝えた。

彼は隣の市の生協に就職した。毎日、三十分かけて車で通勤している。あのコンビニには一度も足を運んでいない。深夜のバイトがいなくなって、店長は終夜営業を諦めたと聞いていた。

だが、今でも彼は、店が明るく輝いているのを眼にすることがある。残業で遅くなり、喉の渇きをおぼえながら車を走らせていると、カーブを曲がりきったところで、店内の光が眼に飛びこんでくる。ああ、終夜営業を再開したのだと思い、ハンドルを切ろうとして、気が付く。

光は一瞬にして消え失せて、店内は真っ暗になっている。いや、最初から暗いのだ。今しがたの光は、彼の車のヘッドライトを店のガラスが反射したにすぎない。

それでも、どこまでも暗い山中で、明るく輝く店を眼にすると、無性に立ち寄りたくなる。偽の光とわかっていても、人は惹きつけられるのだ。たぶん、人でないものも。

人形草　森 奈津子

（もり・なつこ）

一九六六年、東京生まれ。立教大学卒業。異性愛、同性愛を問わず〝性愛〟を主なテーマに現代物からSF、ホラーと様々なジャンルで作品を発表し、熱狂的なファンの支持を得る。著書に『ノンセクシュアル』『西城秀樹のおかげです』『あんただけ死なない』『かっこ悪くていいじゃない』（祥伝社文庫）等、多数。

さきほどまで西日に輝いていた梢《こずえ》には、深い翳《かげ》が落ちている。池の水面も同様だ。少しだけ涼しくなった空気は、土と緑と水の匂いを含んでいる。

絹夜《きぬよ》はそろそろと手を伸ばしてくると、保《たもつ》の太股に触れ、すぐにその手を引っ込めた。声を立てずに笑ったようだった。

表情を確認しようにも、絹夜は下を向いている。その視線は、保の股間にそそがれている。

公園の池のほとりのベンチで、敵同士のように相手の出方を探りつつ、二人は寄りそっていた。遊歩道を背に、池を囲む柵を前に。

数メートルおきに設置されているベンチには、同じように若い男女が一組ずつ掛けている。以前、この公園を友人と訪れた際にも、やはり同様の光景にぶつかった。保は小声で「どこを切っても金太郎」と言い、友人と笑いあったものだった。それほどまでに、夕暮れの公園のベンチはオリジナリティに欠けている。

「絹夜って、きれいな名前だよね。上品なのに妖艶な響きがあって」

保は絹夜の肩に腕をまわしたまま、ストレートの黒髪に頬《ほお》を寄せた。ほんのり甘い、いい香りがする。指に髪をからませる。名のとおり絹のようだ。

絹夜は膝の上に置いていたカーディガンを保の膝の上に移した。そのままカーディガンの下に手をさし入れ、保の腿《もも》を撫《な》でる。

ジーンズ越しに細い指の感触が伝わってくる。心地《ここち》よいくすぐったさが保の期待をあおる。たちまち敏感な器官に血液が集まる。

無表情のまま、絹夜は保の顔をのぞき込む。観察しているようだ。

とらえどころのない少女である。ただし、意図的にミステリアスな雰囲気をまとっているわけではなさそうだ。彼女としては静かにおだやかに人生を愉《たの》しんでいるつもりなのだろう。

絹夜のじらすような愛撫は、保の太股の内側にまで及んだ。

思わず熱いあえぎの混じった吐息を洩《も》らしていた。

「変な声、出さないでね。エッチなことしてるの、通りすがりの人にばれちゃうよ」

ささやきながら、絹夜は保の股間に手をずらした。すっかり硬くなってしまったものを、ジーパンの上から指先でこするように刺激する。

保は唇を引き締め、目を閉じた。直接、握ってほしかった。強くこすりあげ、気持ちよくしてもらいたかった。

先端から蜜が滲《にじ》み出すのがわかった。なんとあさましい、と自分で思う。

「ねえ。こんなにピチピチになっちゃってるよ。窮屈でかわいそう」

慈《いつく》しむように言い、絹夜は保のジーンズのボタンを外そうとする。手探りのうえに片手での作業なので、なかなか外れない。いや、わざと手間取っているふりをしているのだろうか。

思わず身じろぎしたところ、絹夜はそれを目ざとくとらえ、からかうように言った。

「いきなり腰を動かしたりしないでね。それもまあ、かわいいけど、だれかにこっそり観察されてるかもしれないよ」

想像すると、顔が熱くなった。あたりは薄暗くなっているが、絹夜なら頬の紅潮までちゃんと見分けてしまうのではないかという気がした。

やっとボタンが外れ、ジッパーも下ろされた。下着越しに、絹夜に握られる。渇望感は癒《いや》されるどころか、つのるばかりだ。

「こんなになってる。かわいい」

絹夜はカーディガンをちらとめくってのぞいた。

「今日は黒いブリーフかぁ。セクシーね」

「黒じゃないよ。ダークグリーン」

絹夜がうれしそうに言うものだから、なんだか彼女をだましているような申し訳ない気分になってしまい、つい細かい訂正をしてしまう。

カーディガンの下、絹夜の指が下着の中に侵入してきた。指はそのまま、ねっとりとからみついてくる。

背後を足音が通り過ぎた。獣の息遣いも一緒だ。大型犬の散歩だろう。

この状況を犬に嗅《か》ぎつけられるのではないかと、一瞬、ヒヤリとした。

その間に、屹立《きつりつ》したものは外に引っ張り出されていた。外気がいやに冷たく感じられる。

確認するように、絹夜の人さし指が先端の孔《あな》をなぞる。すでに滲み出ていた蜜の感触に、絹夜は小さな笑いを洩らした。

「感じやすい人ね」

ゆっくりと、指先は蜜を広げる。なめらかな蜜に導かれるように、指は先端近くをクルクル滑《すべ》る。

二人はささやき声で会話を重ねる。

「裏側を舌でコチョコチョしてあげたいな」

「助平なこと言わないでよ。出ちゃいそうになるよ」

ふふ、と笑ってから、絹夜は言う。

「出すまでやってあげる。手だけで気持ちよくしてあげる」

鎖骨を、ちろりと舐められた。思わずゾクリとする。

いきなり絹夜は大胆にしごき出した。じらすような刺激で膨張しきったところに、さらに強い刺激が加わる。

やがて指は、獲物にからみつくイソギンチャクのような動きを見せはじめた。カーディガンの下、女の指が未知の生物の触手と化しているのではないかと、そんな奇妙な想像をした。

「あ……」

「声、出しちゃだめ」

絹夜に言われ、保は目を閉じ、唇を嚙《か》んだ。

押し殺した笑いが耳をくすぐる。

「保君って、いい顔するね。ゾクゾクしちゃう」

絶頂まで引きずられてゆく。爆発しそうだ。いくらなんでも早すぎる。

(耐えるんだ。根性で……)

心の中、保は自分に言い聞かせる。長距離走をしているような気分だ。

こんなときは、父親の姿を思い浮かべると射精までの時間かせぎができると聞いたことがある。すぐさま、ためしてみた。実家の茶の間でパンツ一丁の父親（風呂あがりでやけにサッパリしている）がうまそうにビールを飲んでいるシーンを回想する。しかし、なにやら気色悪くなってしまい、すぐにやめた。

「まだ、出しちゃだめだからね」

わざと落ち着いた声で、絹夜が言う。面白がっているのは明らかだ。

「わたしのカーディガンについちゃうでしょ」

そう言いながらも、指をなおも執拗《しつよう》にからめてくる。上下にしごいたかと思えば、裏筋を丹念にこする。くびれた部分の上下を指ではさむようにしながら小さく刺激する。優しく包み、掌《てのひら》全体を動かして表皮をこする。

指が先端に滑ってきた。

「こんなにベトベト。見なくてもわかるね」

「あのさ……気持ちよすぎるんだけど……」

「がまんして。もっともっと気持ちよくしてあげるから」

「もう、だめだよ。がまんできない……」

「あたりが真っ暗になるまで、待ちなさい」

「待てないよ。もう、出ちゃうよ」

「しょうがない人」

絹夜はあたりを見まわした。

「今なら、人、いないよ」

そう言って、カーディガンを取る。

絹夜の手に握られているものがさらされる。

保はあわてて、となりに置いてあったスポーツバッグを引き寄せた。わざわざ日隠しを作らなくとも、すぐ横にツツジの茂みがある。となりのベンチのカップルからは見えないだろう。

うながすように、指が微《かす》かな動きを見せた。

「あ……！」

女の手に握られたまま、保は放っていた。白い放物線。そして、濡れた土の上に落ちたもの。もう一度、同じように吐き出される。

絹夜はその様子をじっと見つめていた。好奇心と慈しみがないまぜになった視線だった。

「ずいぶん飛んだね」

その言葉で、絹夜が無邪気に感心しているのがわかった。大人びた立ち居振る舞いの間から、時折、童女が顔をのぞかせる。それこそが、保の心を激しく惹《ひ》きつけるのだった。

彼女の手の中で、保のものは咲き終えた花のように柔らかくしぼんでいた。けだるい心地よさが全身を支配していた。

「手につぃちゃったよー」

いきなり絹夜は子供っぽくその手を見せて、保に訴えた。

「はいはい」

保はハンカチを取り出し、それを拭《ぬぐ》ってやった。ついでに自分のものも拭き、ジーパンの中に収める。

「あとで手を洗いましょうね」

子供に言い聞かせるような口調の保に、絹夜も調子を合わせる。

「はーい」

煙るような長い睫毛《まつげ》にふちどられた切れ長の目に、いたずらっぽい光が宿っていた。

＊

スポーツ万能で、勉強もでき、リーダーシップもあり、高校時代は女の子に大人気だった。

が、大学では勝手が違った。

まわりは皆、保同様、入試を勝ち抜いた者ばかりである。保より優秀な学生なら掃いて捨てるほどいた。スポーツに関しても、特待生として入学してきた別格の者の存在がある。

そもそも、大学という巨大な組織で全学生の注目を集めるリーダーシップを発揮することなど、まず無理だ。実際、入学以来半年間、保はリーダーシップが必要とされる状況に直面していない。

今年四月、保は経済学部の同じクラスに振り分けられた絹夜をひとめで気に入り、お近づきになることに成功したのだが、以来、けわしい道のりを歩んでいた。

幸運なことに、絹夜が暮らすワンルームマンションは、保のアパートから徒歩で十分ほどの場所にあった。互いの家を行き来したりもしたが、単なる友達の関係はしばらく続いた。

絹夜に好みの異性のタイプを聞くと「顔も性格もあっさりしてる人」という返事だった。どうやら、すっきりとした和風の顔立ちの、物静かな優男に惹かれるらしい。

保の「売り」は、二重まぶたに大きな目、そして明るく社交的な性格だ。絹夜の好みとはまるで正反対ではないか。

となると、俄然、絹夜のまわりの男たちが気になりはじめる。彼女のバイト先のファミリーレストランには、和風顔の男子店員が三人もいた。いつだったか、絹夜が所属しているジャズ愛好会の男子学生が彼女を囲んで芝生の上で談笑していたが、やけにあっさりとした顔の奴ばかりだった。経済原論の講義で、よく彼女のとなりに来る鎌田《かまた》という男子学生の目の細さは半端ではない。時折、絹夜と講義ノートの貸し借りをしている浜本《はまもと》の外見と性格のおとなしさも一流だ。

夏休み、絹夜がサークルの合宿に行く数日前には、悶々《もんもん》とした気分が絶頂に達し、ついに保は自分の思いを彼女に伝えたのだった。

「ごめん。わたし、好きな男の子、いるの」

絹夜の返事に保は落胆した。しかし、数秒後には、絹夜は絶望のどん底の保に手をさしのべたのだ。

「でも、セックスフレンドとしてつきあうのだったら、べつにいいよ」

セックスフレンドなどという言葉が出てくるとは思ってもいなかった。あっけにとられる保に、絹夜は続けた。

「恋愛感情はないけど、わたし、保君とセックスするのは楽しそうだと思うんだ。保君も、わたしとやりたいんでしょ？」

その日のうちに、保と絹夜は肌を重ねることになった。二人とも初めてではなかったが、絹夜のほうがずっと手慣れていた。

彼女は子鹿のようにほっそりとした美しい体をしていた。乱暴に扱うと壊れてしまいそうな華奢《きゃしゃ》な見かけとは裏腹に、男の肉体に対しては蛇がからみついてくるような執着を見せる。そのくせ、普段はけろっとしているし、深い仲になった後も、保に対する態度が変わることはなかった。

絹夜が口にする睦言《むつごと》はとろけそうに甘やかだった。

かわいい人。なんてきれいな体。ここ（と、保のものを手に握りながら）の形まできれい。こんなに美しい男の子、初めて。感じやすいのね。なんて色っぽい顔をするの。ゾクゾクしちゃう。

そのくせ、決して「愛してる」とは言わないのだった。

ある日、なんとなく拗《す》ねたような気分になって、保は絹夜に訊いた。好きな男はだれなのか、と。

「貫井紀男《ぬくいのりお》君」

きっぱりとこたえた絹夜に対し、保の反応は——。

「ええっ？　あのデブ？」

貫井は、基礎ゼミの仲間だ。

確かに、眼鏡《めがね》の奥の顔立ちは、目鼻口の造り配置ともにあっさりとしているが、でっぷりと太り、美男子という形容からはほど遠い。物腰が柔らかく、女の子相手でも自然体ではあるが、そのような男はアニメ研究会や漫画研究会のたぐいにいくらだっている。異性を異性として認識していないようなタイプだ。

保の「あのデブ」発言に、一瞬、絹夜は彼をにらみつけたが、すぐにほやんとした表情になって言った。

「彼、かわいいもん」

「どこが？」

「プクプクの赤ちゃんみたいなほっぺ」

冗談じゃない。あんなデブは、同人誌即売会に行けば、いくらだって釣れる。キロ九十八円の肉だ。

——と、最初は嫉妬混じりに思ったのだが、ゼミ合宿をきっかけに貫井といろいろ話してみたら、飾り気のない面白い男だということが判明した。

音楽はジャズが好きで、自分でテナーサックスを吹いたりもする。なのに、絹夜も籍を置いているジャズ愛好会には入らずに、高校時代の仲間とバンドをやっている。絹夜とはＣＤの貸し借りをしながら親睦を深めているらしい。

負けた、と思った。保が演奏できる楽器と言えば、小学校の音楽の授業でやったハーモニカと縦笛ぐらいだ。テレビのベストヒット番組なら見ているが、ジャズなどはちんぷんかんぷんである。

幸い、貫井は絹夜を友達だとしか思っていないようだ。そもそも、貫井は恋愛というものに興味を示さないようにも見える。それは絹夜も承知で、だからこそ、下手に告白して気まずい仲になるという最悪の事態を回避しているのだろう。

なんとなく探りを入れているうちに、貫井に好感を抱くようになり、さらに二人でゼミの課題でも協力しあうようになり、夏休みが終わる頃には、すっかり意気投合していた。

偶然、貫井のマンションも、保や絹夜の住まいから歩いて行かれる距離だった。三人とも、大学へは自転車で通っている。

そして、最近は、三人で行動することも多くなっていたのだった。

＊

公園のベンチで絹夜に悪さをされてから、半月ほどが過ぎていた。

ある日の午後、ジュースを買いに学食に行ったら、絹夜と貫井に会った。二人は自動販売機のコーヒーを飲みながらくつろいでいるところだった。保も飲み物を買い、それに加わった。

「今日の夜、三人で飲まない？」

絹夜が言い出し、貫井が提案した。

「よかったら、ぼくのうちにおいでよ。外で飲むより、安あがりだろ？」

その日はもう、三人とも暇だったので、そのまま貫井のマンションに向かった。途中、鶏肉専門店で焼き鳥と唐揚げを買い、小さな惣菜屋でサラダや煮物を仕入れた。

酒は貫井のマンションの近所の酒屋で調達することにして、公園を突っ切る。

（確か、あそこだったな）

前方のベンチを見ながら、このあいだ絹夜にされたことを思い出す。あの指の感触までが生々しく蘇《よみがえ》り、はからずも下半身に血液が集まりかける。保はあわてて記憶を遠くに押しやった。

絹夜も思い出しているのか、そのベンチに目を向ける。平日でまだ明るいせいか、カップルの姿はない。

「あれ？」

絹夜は首をかしげ、スタスタとベンチに向かって歩いて行った。彼女は時々、このように唐突な行動を見せる。貫井が後を追ったので、保も従った。

「人形、か」

絹夜が短く言った。

ベンチの前に、ほっそりとした人形が腰まで土に埋まっているのだった。服はない。裸だ。

バービーやリカちゃんのたぐいだが、顔立ちは両者とも異なっていた。類似品か、あるいは古い型なのか。少女向け玩具にはうとい保にも、なんとなく稚拙《ちせつ》で垢《あか》抜けないデザインのように思えた。が、どこか生々しい。どこがどう生々しいのかは、説明できないのだが。

加えて、それがまったくの新品のように見えるのが、気にかかった。肌に汚れはないし、茶色い髪だってきれいにウェイヴがかかっている。

なにげなく、それを靴先で突こうとしたが、絹夜におどろおどろしい声で「呪われるよぉ」と言われ、気持ち悪くなってやめた。

貫井はしゃがみ込み、人形を掘りはじめた。

「なんか、このままじゃ、かわいそうだよね」

などと、言い訳のようにつけ加える。

保は貫井に軽い羨望《せんぼう》を抱いた。人形がかわいそうなどと甘っちょろいことをサラリと口にできて、それが不自然にならない男など、なかなかいないだろう。

絹夜は貫井の丸っこい背中を見つめている。彼女の温かいまなざしに気づき、保はぼんやりとした嫉妬を感じた。

「なんだ、これ？」

突然、貫井がすっとんきょうな声をあげた。

保は身を乗り出し、貫井の手元に視線を移した。なかば掘り出された人形を見て、思わず眉をひそめる。

さらによく確かめようと、貫井の横にしゃがみ込んだ。絹夜も保に続く。

人形の腰から下が、変だ。肌色の塩化ビニールではない。白っぽいなにかだ。土が柔らかかったらしく、人形は貫井の手ですぐに掘り出された。

「なんだよ、これ……」

保はつぶやいてから、自分の声が嫌悪感を含んでいるのに気づいた。

その人形には、下半身はなかった。その代わり、植物の根のようなものが生えていたのだ。

「だれかのいたずら？」

絹夜は貫井の手から人形を取ると、それを検分する。上半身と植物の根の継ぎ目を見つけようとしているのだろうが、それらしきものはない。肌色の塩化ビニールから土のついた白い根へと変わりゆく部分は、グラデーションになっている。信じがたいことではあるが、人形の上半身と植物の根を継ぎあわせたものではなさそうだ。

「ちょっと貸して」

絹夜から人形を受け取ると、保は土のついた細い根の一本を折ってみた。根は簡単に折れたが、そこから白い樹液のようなものが滲んできた。その根は生きているのだった。

「なんだよ、これ……」

なんとも言えない嫌悪感で、保の肌は粟立った。

「だれかのいたずらにしては、出来がよすぎるわよね」

絹夜も眉をひそめている。

しかし、貫井は人形の顔についてしまった泥を払ってやったりして、平気な顔だ。そいつを慈しんでいるようにも見える。

「この子、生きてるね」

「なにが『この子』だよ。気色悪いなぁ」

保は貫井に抗議し、絹夜は変な提案をする。

「テレビのオカルト番組に売り込もうか。『人形草《にんぎようそう》、発見！』って」

「呪われるぜぇー」

保はさきほど絹夜に言われた台詞《せりふ》をそのまま返してやった。

貫井が人形草を手に、立ちあがった。

「貫井君、それ、どうするの？」

「育てる」

「ええっ？」

同じ反応を示した絹夜と保に、貫井はちんまりとした目を瞬《しばた》かせて、言った。

「ぼくが育てるよ」

「なんで？」

食い下がったのは、保だった。

「だって、生きてるから」

「生きてるからったって……。じゃあ、おまえは生きたコモドドラゴンが落ちてたら、拾うのかよ。コモドドラゴンの雄《おす》はなぁ、性器が二本ついてるんだぜぇ。気色わりぃっ！」

思わず想像して身震いする保の横で、絹夜が言う。

「いいなぁ、コモドドラゴン。人間の男にも二本ついてればよかったのに」

「話をそらすなよ」

「コモドドラゴンの話を始めたのは保君だよ」

絹夜はしれっとした顔で言う。

貫井は人形草を両手で大事そうに持って歩き出し、律義にこたえた。

「コモドドラゴンは危なくて拾えないよ。コモドドラゴンが落ちてたら、まずは一一〇番しなくちゃ。で、動物園かコモド島に返す。でも、この子は――」

と、人形草を見せて、きっぱりとこたえる。

「どこに返せばいいのか、わからないだろ」

「でも、気色悪いじゃないか」

なおも食い下がろうとする保に、絹夜が言う。

「もう、いいよ。貫井君の好きにさせようよ。で、わたしたちは、この件にかかわらないようにしよう」

彼女は「面倒」というものをとことん避けようとする。それが思いを寄せている相手に関することであっても変わらないようだ。

結局そのまま、貫井のマンションに着いてしまった。貫井は「とりあえずは」と言いながら洗面器に水を張り、そこに人形草を浸けた。

(やっぱり育てるつもりなのか……)

保はひそかにため息をついた。

しかし、酒盛りが始まり、アルコールがまわるにつれて、人形草のことはどうでもいいような気分になってきた。あれは生きているようだし、確かに気色悪いし得体が知れないが、まあ、生きていたければ勝手に生きていればよい。一介の大学生には関係ないことだ。

——と思っていたのだが、他人事《ひとごと》と割り切った姿勢は長くは続かなかった。

帰路について二人きりになったとき、絹夜が切り出したのである。

「人形草、生きてたよね」

「みたいだな」

「やっぱり、あのことに関係あるんじゃないかと、わたしは思う」

「あのことって？」

「このあいだ、保君、土の上に出したじゃない。あのベンチだったよね」

なにが言いたいのかと、いぶかしむ保に、絹夜は告げた。

「あれって、保君の子供みたいなものなんじゃない？」

「ええっ？」

「保君が出したものが、成長したんじゃない？」

「あのさ……実はおれ、人間なんだけど……」

やんわりと反論したが、無駄だった。

「なら、土の中に人形草の種が埋まっていて、保君の精子を利用して発芽した、とか」

「非科学的だね」

思わずゾッとしながらも、保は言った。

「そもそも、あれは非科学的なものでしょ。妖怪とか化け物とか、そういうたぐいの。だから、奴らの種は土の中にひそんで、人間の男の精を求めているのよぉー」

おどろおどろしい口調で言うと、いきなり絹夜は保の背後にまわり、腰にしがみついた。その手が股間に伸びてくる。

「うわっ。やめろっ。こんなところでっ」

あわてて引きはがすと、絹夜はさもおかしそうに笑った。

幸い、あたりに人影はなかった。

「このっ」

今度は反対に、絹夜を背後から抱きしめ、胸をまさぐってやった。

絹夜は悲鳴のような笑い声を立てた。

お互いひどく酔っぱらっているな、と思った。ただし、不安感をまぎらせようとしてはしゃいでいるのは、自分でも薄々わかっていた。

＊

人形草のことが気になって仕方がない。絹夜のせいだ。彼女があんなことを言うからだ。

——保君が出したものが、成長したんじゃない？

気持ち悪いことを考えたものだ。しかし、気持ちが悪いからこそ、ますます気にかかってしまうのだ。

ついにある日曜日、保は貫井に電話をしてみた。会う口実までひねり出した。

「スパークリング・ワインを買ったんだけどさ、一緒に飲まないか？　うちで一人で一本飲むのも、なんだか暗いじゃないか。よかったら、おまえんちまで持ってくよ」

貫井の返事はＯＫだった。

保はワインを片手に、彼のマンションに向かった。

到着したとき、貫井は料理をしている最中だった。

「トマトとモッツァレラチーズのサラダだよ。このバジルは、ぼくがベランダで育てたやつ」

「おまえ、本当にまめだよな」

しかも、さりげなく洗練されている。鼻につかない程度に。

彼のこんなところにも、絹夜は惹かれたのだろう。少しばかり羨望と嫉妬を感じた。

なあ、このまえの変な人形、どうした？——などと訊《き》く必要はなかった。人形草は鉢植えになって、このダイニングキッチンの窓際のチェストの上に置かれていたのだ。

保は近くに寄り、まじまじとながめ、そして、思わず「うわっ」と声をあげた。

「どうしたの？」

「この人形、まばたきするぜ！」

「うん、知ってるよ」

貫井はあっさりと言い、つけ加えたのである。

「話しかけてごらんよ。優しくね」

「え……？」

「単なるあいさつでいいよ」

話しかけたら、どうだというのだ？

もやもやとした嫌悪感を抱きつつも、保は人形草に声をかけてみた。

「こんにちは」

すると、どうだろう。人形草は保を見て、にんまりと微笑んだのだ。

「うわぁー」

気色わりぃ、と続けようとして、やめた。

「かわいいだろ？」

ニコニコしている貫井を見て、本音を呑み込んでよかったと思った。

確かに、かわいらしい微笑みだった。それだけに、気持ちが悪いのだが。

先日、こいつを発見したときに、なんとなく生々しく思えたのは、その目が描いたものではなくガラス製とおぼしき眼球をはめ込んだものだったからだと、初めて気づいた。

「機嫌がいいと、お喋《しゃべ》りもするよ」

「ええっ？」

なんだか、怖くなってきた。どうして貫井は平気なのだろう。

人形草の目は、まっすぐ前を向いたまま、動かない。生きているようではあるが、やはり人形に違いない。これでキョロキョロされたり、さらには手をパタパタされたりしたら、たまらないだろう。

貫井はワイングラスを出しながら、人形草の前の保に言った。

「ワイン開《あ》けといてよ。ワイン・オープナーは、テーブルの上にあるから」

保はテーブルに戻り、ワインの栓《せん》を抜くと、グラスにそそぐ。

いつの間にソーセージを茹《ゆ》でていたのか、貫井はそれをザルに空け、皿に移す。それから、冷蔵庫からマスタードの瓶《びん》を出してきた。

二人で乾杯をすると、保は切り出した。

「なあ、貫井。本当にあれ、育てるつもりなのか？」

「うん。育つかどうかはわからないけどね」

「なにか、変なことは起こらないか？」

「変なこと、って？」

「たとえば、あれが狂暴化するとか。いきなり歩き出すとか。騒ぎ出すとか」

「そんな心配はないよ。すごくおとなしいもん」

「おまえ、本当にあんなのがかわいいのか？」

「うん。かわいいよ」

「気味悪くないか？」

「あ……静かにして」

いきなり貫井は言い、人形草のほうを見た。保も追うように視線を移す。

小さな声が聞こえた。驚いたことに、人形草が喋っているのだ。

「ふそれあむとさへぬだよ。させいらせけあろぬわてだよね」

意味不明だ。日本語の発音だが、無意味な音の羅列だった。

「けへけるらもかな。ぬけさいでしょ。ほさねすいるせねみりしよだよ。あるさけまいへくなんだ」

保は気づいた。語尾だけが日本語らしいのだ。だよ、だよね、かな、でしょ、なんだ……。

貫井に確認してみる。

「語尾だけ日本語になってる？」

「うん。人間の言葉をまねしてるんだよ」

（うえーっ）

保はひそかに心の中でうんざりしてみせる。

（この気色悪さ、絹夜と分かちあいたい……）

絹夜も呼べばよかった、と思った。彼女ならこの思いをわかってくれるにちがいない。

やがて、ワインの瓶は空になり、さて次はなにを飲もうかという話になった。

貫井は財布を手に言った。

「近所の酒屋で、なにか買ってくるよ。このまえ、日本酒の発泡酒があったけど、まだ売ってるかなぁ」

「なんでもいいよ。アルコールが入ってれば」

保はいいかげんにこたえた。

ドアの音がし、貫井が出て行った。

ペットボトルの烏龍茶《ウーロン》をグラスにそそぎ、保は人形草を見やった。

「あわほさめりとだよね。さふむこあでしょ。まにらうふあわんけだよ」

まるで小鳥がさえずるように、人形草は独り言を繰り返している。

しばらくテーブルから観察していたが、やはり気になり、近くに寄ってみた。

「れそせさたへだね。ぬえいけほあくにつしでしょ」

小さな唇がクチャクチャと動いている。目はまっすぐ前を見つめている。まったくの無表情だ。

人さし指で、人形草の肩をそっと撫でてみた。塩化ビニールとしか思えないが、ほんのりと温かい。体温だ。

触れた途端、人形草はお喋りをやめ、上目遣いに保を見た。

その表情に、なにか尊大なものを感じ、保は不快感を抱いた。威嚇するつもりで、いきなり片手を振りあげてみたが、人形草は眉ひとつ動かさない。じっと保をにらみつけているだけだ。

保は手を戻した。人形草は、興味をなくしたように、また目をそらした。

「こらぁーっ！」

いきなり大声で叱りつけ、叩くまねをする。

保の右手は、人形草の真上でピタリと止まった。その下で、人形草は目を見開いていた。恐怖の表情だ。

手をどけたら、人形草は緊張を解いたのか、たちまち泣き出した。

シクシクなどといったかわいいものではない。ひぃぃ、ひぃ、とやけに恨みがましい泣き声である。

顔は醜《みにく》くゆがんでいるが、涙は出ていない。大袈裟《おおげさ》な嘘泣きのようで、それがまた憎々しい。さきほどの笑顔の愛らしさを、偽善だと感じさせるほどだった。

ひぃ、ひぃぃっ……ひぃーっ……。

化け物にふさわしい不吉な泣き声である。

うんざりした思いで保はきびすを返し、テーブルに戻った。

やがて、貫井が酒屋の袋を手に帰って来た。

「ただいま」

貫井に気づかれる前に、保は正直に言った。

「あいつ……あの人形、泣き出した」

「ど、どうしたの？」

「ちょっと脅かしたら……」

「ええっ？」

貫井は酒が入った袋を床に置くと、人形草に駆け寄った。

「おお、よしよし。もう、大丈夫だからね。ひどいお兄ちゃんだねぇ。リリちゃんは悪くないのにねぇ」

（リリちゃんだと？）

名前までつけたのか。そもそも「ひどいお兄ちゃん」とは、なんなのだ。

（そんな化け物にお兄ちゃんだなんて思われてたまるかよ）

貫井のとろけるような口調に、ますますいらだちがつのる。

「おまえさぁ――」

言いかけたところに、貫井の言葉が重なる。

「ひどいじゃないか！　この子がなにをしたって言うんだよ！　変ないたずらしないでくれないか？」

「いたずらだと？　人を変質者みたいに言うなよ」

「おもしろ半分で脅かしたなら、いたずらだよ。謝れよ！」

貫井が怒ったところを見るのは、初めてだ。しかも、それが自分に向けられた怒りなので、なにやら気圧《けお》されてしまい、保は謝罪の言葉を口にした。

「ああ、悪かったよ。ごめん」

「ぼくじゃなくて、リリちゃんに謝れ！」

「は？　こんなもんに謝るのか？」

「リリちゃんは生きてるんだ！」

謝る謝らないで、押し問答になった。やがて、比較的冷静だった保のほうが折れた。

「リリちゃん、ごめんなさい。もう、二度としません。許してください」

そのときには、すでに人形草は泣きやんでいた。無表情で前方を見つめているだけだ。保の謝罪の言葉にもなんの反応もしない。

「なあ……」

保は貫井に言った。

「なんかさ、馬鹿馬鹿しくならないか？」

「ん……」

肯定とも否定ともとれる返事だ。貫井はいつもの落ち着きを取り戻したようだった。

「おれたちさぁ、お人形さんごっこしてていつの間にか本気になってる幼稚園の女の子、って感じじゃなかった？」

「女の子はあんまり、ごっこ遊びで本気になったりしないんじゃないかな。男の子のほうがさ、ほら、プロレスごっこやっててけんかになったりするじゃないか」

「そうだな……」

貫井は人形草の前を離れてテーブルに戻り、保も彼に続いた。

「おまえさぁ、人形草に操《あやつ》られて変になってるんじゃないか？」

「……絹夜ちゃんもそう言ってた。絹夜ちゃんがあの子をいじめるから、ぼくは注意しただけなんだけど」

「おまえ、さっきみたいに本気で怒ったんじゃないだろうな」

それに対する貫井の返事は、すでに言い訳だった。

「……だってさ、絹夜ちゃん、指ではじいたんだよ。この子を、こうやって」

貫井は保の腕をピンとはじいてみせた。

どういうわけか、ふいに貫井の気持ちを確認したくなり、保はすっとぼけて言ってみた。

「あいつ、嫉妬してるんじゃないか？　もしかしたら、おまえのこと、好きなのかもしれないぜ」

「でも、保君と絹夜ちゃん、つきあってるんじゃないの？」

貫井は顔を赤らめている。両思いか、とぼんやりと思った。

「おれたちは、単なる友達だよ」

貫井が安堵したのは明らかだった。やはり、貫井と絹夜は両思いだ。

当然のことながら、保はショックを受けた。

そのとき突然、人形草がシクシク泣き出した。このタイミングは、絹夜に対する貫井の気持ちを感じ取ったとしか思えない。つまり嫉妬だ。

貫井もそう察したらしく、こわばった表情で人形草を見つめていた。

「なあ、貫井。下手すると呪われるぞ。捨てたほうがいいんじゃないか？」

「なに言うんだよ。かわいそうじゃないか」

貫井は言ったが、その口調は弱々しく、どこか虚《うつ》ろに感じられた。

＊

「最近、つまんないの」

そう言いながら、絹夜は自分のワンルームマンションに保を迎え入れた。

「退屈で退屈で死にそう……」

拗ねたような口調で言い、絹夜は背後から保の腰に抱きつき、股間に手を伸ばしてきた。コットンパンツの上から、手で包み込むようにしてじんわりと刺激してくる。

明らかに絹夜は不機嫌だった。

原因はわかっている。人形草だ。

あれをいじめたことを貫井に厳しく咎《とが》められ、すっかりヘソを曲げてしまっているのだ。

ここのところ、貫井とはずっと言葉を交わしてないのだという。電話がかかってきても出ないし、キャンパスで見かけてもコソコソと身を隠す。自分で貫井を避けておきながら、欲求不満になっているのだ。

それにしても「ご機嫌ななめ」だとは、普段から感情の起伏が小さく、どことなく上の空な印象がある絹夜にしては珍しいことだった。

そのくせ、彼女は過剰に欲情しているようにも見えた。保の体におのれの身をこすりつけるようにしながら、一方的に保の衣服を剝ぎ取ってゆく。反対に保が絹夜の体に手を伸ばそうものなら、すかさずいやというほどつねられた。

ついに最後の一枚を奪われた。しかし、絹夜は着衣のまま——シンプルなワンピース姿——である。

最初は絹夜の様子に気圧されるような心持ちだったが、途中から、なにやら面白い気分になり、彼女のやり方に身をまかせた。

ほっそりとした脚がからまってきた。絹夜は保の足をすくうと、彼をベッドに押し倒した。腕をつかまれた。彼女の手には手錠があった。

絹夜はにんまり笑い「抵抗しないでね」とだけ言う。

右手首に金属の輪がカチャリとはまる。絹夜はその手を上げさせ、手錠をベッドヘッドの格子に通し、左手首にもはめる。保は両手を上げた状態で、自由を奪われていた。

こんなことをされたのは初めてだった。新しい遊びに、胸の内には妖しい期待感が湧き起こる。それを自分でも奇妙に感じた。

着衣のまま、絹夜は挑んできた。表情にはなぜか怒りの色が混ざっている。

屹立しているものを乱暴につかまれた。黒い瞳が、保の反応を観察している。冷たい目だ。

得体の知れない不安を感じ、たちまち肌が粟立つ。おびえている自分に気づき、それがまた、被虐的な期待へと変化する。こんな感情は初めてだ。

自分は変わってゆくのか。それとも、隠されていた欲望を絹夜の手によって暴かれようとしているのか。

強くしごかれた。いつもの、からみつくような愛撫とは違う。

ぞんざいに扱われていると感じた。エロティックな意図で作られた稚拙な機械に愛撫されているような心地だ。それでも、快感は快感だった。

感じやすい器官に、さらに血液が集まる。

「あ……」

保は身をそらし、熱い息を洩らした。

「憎らしい。こいつのせいで……」

奇妙なことをつぶやきながら、絹夜はその部分をしごく。

「こいつのせいで、貫井君が……」

「えっ？」

思わず、訊き返す。

絹夜はうわごとのようにこたえる。

「人形草……。保君があんなところに出すから……あんな変なものが生まれて……貫井君が……」

「お、おれは関係ないに決まってるだろっ」

人形草の父親にされてたまるか。そもそも、あんなところで出す羽目になったのは、絹夜の手にもてあそばれたからではないか。

「憎らしい……」

絞り出すように言いながら、絹夜は保のものに口づけた。裏側を、しっとりと濡れた舌が這う。膨張しきったところに繊細な刺激を加えられ、保はめまいがするような快感を味わった。

「悔しい、悔しい」

繰り返し繰り返し裏側を這っていた舌が、次には窪《くぼ》みをなぞる。先端の孔を、舌先が突く。しばらくの間、えぐるように刺激してから、絹夜はすっぽりと口に含んだ。

先端が口蓋に押しつけられる。温かく濡れた粘膜の感触。舌が裏側を撫でる。時には柔らかく、時には強く押しつけるように。

無意識のうちに脚をピンと伸ばしていた。筋が痛くなるほどに。

「あっ……ああ……」

思わず声が洩れる。翻弄されていることへの甘やかな切なさが心を染める。

絹夜は唇を強くすぼめたまま上下に動かし、巧《たく》みに攻めてくる。早々に行かされてたまるか、ところえた。が、ツルツルとした岩の上に爪を立てているかのような、完全なる無駄な抵抗だった。絹夜に足首をつかまれ、引きずられてゆくという奇妙な光景が心の中に浮かんだ。

根本まですっぽり含まれたまま、強く吸われた。快感がジンと響く。

「だめだよっ……そんなにされたら……」

絹夜を押しとどめようと、保は必死の声をあげた。

快楽の終着点は目前にあった。あまり早く到着したくはないゴールだ。

ふいに、敏感な部分が空気にさらされるのを感じた。絹夜の口中から解放されたのだ。

「いっそ、噛み切って——」

やりたい、と続けようとしたのか。そこまでは言わず、絹夜は再び口に含んだ。

ここで初めて、両手の自由を奪われている不安を感じた。

根本に硬く鋭いものが当てられた。歯だ。思考よりも肉体のほうが先に危険を察し、たちまち総毛立った。

グ、と力が込められる。激痛が脳まで響いた。

食いちぎられる……！

保は叫んでいた。

やめろ。ごめんなさい。そんな言葉が交互に脳裏に浮かんだが、吐き出したのは獣の咆哮《ほうこう》と恐怖の叫びと泣き声が混ざったような声だった。

気づいたら、目をギュッと閉じたまま、大きく胸を上下させていた。

ゆっくりと目を開ける。痛みの余韻《よいん》はその部分にじんわりと残っていた。つくづく、信じられないことをされたものだ。

絹夜はちょっとだけ申し訳なさそうな顔で、保を見つめていた。

まだまだ未熟だった高校時代、女の子に「あたしがちゃんと濡れてから入れてよ」と怒られたことがある。

「女の子の痛みなんて、わからないでしょ」

彼女の言葉を一カ所だけ修正して、絹夜にぶつけてやりたい。男の子の痛みなんて、わからないでしょ。

腹が立つというよりは、ひどくみじめな気分だった。

もう、こんな馬鹿げた八つ当たりをされるのはごめんだ。いらだち混じりに吐き捨てる。

「さっさと……貫井とくっついちまえっ。貫井も……絹夜のことが好きなんだよっ」

「本当?」

「二度も言わせるなっ」

声が震えていた。なにやら、泣きたくなった。

早いところ手錠を外してほしかったが、それを言葉に出して要求するのは、ひどく屈辱的なことに思えた。

絹夜が表情をうかがっているので、無表情を装《よそお》うとしたが、どうやら無駄に終わったようだった。

「かわいそうに。こんなにしぼんじゃってる」

絹夜はその部分に口づけた。

「ごめんね。ごめんね」

そのまま舌で優しく撫でてくれる。しかし、謝罪の言葉は保にではなく、そのしぼんでしまった器官に向けられているようだった。過去にも彼女はしばしば、それを愛玩動物かなにかのように扱ったものだ。

相変わらず変な女だな――保はぼんやりと思った。

自分は絹夜の変人ぶりを甘く見ていたのかもしれない、とも思った。

＊

それからほどなくして、絹夜と貫井は交際を始めた。

絹夜は保に告げた。

「本当はね、貫井君とつきあいながら、保君と陰でセックスする手もあるなぁ、と思ったの。だけど、やっぱり、貫井君に悪いから、やめておくね」

「……おれには悪いと思わなかった？」

「あ……うん。保君にも悪いもんね」

今、思いついたようにつけ加えた。

そうして、絹夜とはセックス抜きの友達同士に戻ってしまった。

保に近づいてくる女の子も、少なからずいる。気に入った子がいたらつきあいはじめようとは思っている。だが、積極的にこちらから関係を深めようと思える子は、なかなかいない。

人形草はどうなったかと、ずっと頭の片隅で気にしていたのだが、わざわざ貫井に訊く気にもなれなかった。あんなものに興味を示している自分を知られるのがいやだったのかもしれない。

しかし、ある日、久々に貫井のマンションで酒を飲むことになった。人形草をこの目で確認できるチャンスだった。

保が到着したときには、すでに絹夜もいた。不器用な手つきで、ワインの栓を抜こうとしている。

貫井はフライパンでなにかを作っている。横からのぞいてみたら、オムレツだった。卵を泡立てたプレーン・オムレツのようだ。

たまたま思いついたかのように、保は貫井に訊いてみた。

「人形草は、どうした?」

「余生を送ってるよ」

貫井はそっけなくこたえた。「余生」とはどういう意味だろう?

窓辺のチェストには、人形草の鉢植えがあった。

以前、貫井は人形草を部屋のほうに向けて置いていたが、今では窓に向けている。

なにやら肌の色が変だ。いや、肌の色ばかりではない。

なにげなく鉢をこちらに向け……保は「うわ」と声をあげていた。

人形草の肌の色は、すっかり変わっていた。茶色く、まるで枯れた植物のようなカサカサの肌になっていたのだ。

そのうえ、髪は抜け、老婆のように皺《しわ》くちゃになり、げっそりと痩《や》せこけている。ただし、腹だけはプクッとふくらんで、まるで餓鬼《がき》だった。以前よりはずっと植物に近くなっているように見えた。

とにかく、醜い。貫井がそれを窓のほうに向けてしまったのも、無理はないと思えた。

「なあ。あいつ、枯れかかってるのか？」

テーブルの前に戻って訊くと、貫井はこたえた。

「もう、表情を変えることもないし、喋ることもないよ。そろそろ寿命なんだね、きっと」

寿命という言葉が、貫井の無関心を物語っている。まさに憑《つ》き物が落ちたかのようだ。

やっとのことでコルク栓を抜いた絹夜が、グラスにワインをそそぐ。

三人は席につき、乾杯した。

正直なところ、人形草が以前より植物らしくなっていたので、保は安堵していた。醜く枯れはじめているのも、めでたい限りだ。

やがて、三人ともほどよく酔い、盛りあがっている最中――。

突然、ポンッとなにかが破裂したような音がした。

音がしたほうを見たら、鉢の上で人形草が仰向《あおむ》けに倒れていた。

最初に保が立ちあがり、次に貫井が続いた。絹夜はのんびりとワインを飲んでいる。

人形草の状態を確認した二人は、息を呑んだ。

腹がパックリと横に裂けている。その腹の中には、ネバネバとした粘膜に包まれた透明な粒がギッシリ入っていたのだ。

「げーっ」

保は顔をしかめた。

「人形草の種だ」

貫井は冷静に言った。

いつの間にかとなりに来ていた絹夜が「種というよりは、卵に近くない？」と反論した。

「ザクロみたいだな」

保が評し、絹夜も言う。

「カエルの卵みたい」

人形草の上半身は、背中でかろうじて下半身とつながっていた。ネバネバと糸を引きながら、種は土の上に落ちる。

「あ。赤ちゃんが入ってる」

貫井がやけに冷静な声で言った。

よく見れば、一粒一粒の種の中には、なにかがうごめいている。粘液の中に、白っぽい小さな胎児のようなものがいるのだった。

「うわぁっ。気色悪い。燃やすか、便所に流すかして、確実に始末しろよ」

保は言ったが、貫井はいきなり優柔不断な態度を見せた。

「でも、かわいそうだよ……」

「おい、冗談じゃないぞ！　こんなもんが増えてみろよ！　人類は滅亡だぞ！」

「滅亡はしないと思うけど……」

「おまえは平気でも、おまえ以外の人類は、気持ち悪くて滅亡するんだよっ！」

「二人とも、やめてよ」

絹夜が割って入る。

「まあ、増えたら増えたで、オカルト雑誌の編集部とかテレビ局に売りつければいいじゃない」

「そうだね。それがいいや。やっぱり、絹夜ちゃんって、決断力があるよね」

貫井はおめでたい笑顔で納得する。

（もう勝手にしろ……）

思わず、心の中でつぶやいた。

保は、野山にビッシリ生えた人形草を想像した。そいつらは、人間が近づくとキーキーと声を発し、踏みつけられれば悲鳴をあげる。だが、慣れれば愛らしく、言葉らしきものも口にするようになる。そして、ますます人間はそいつらを滅ぼすことができなくなる……。

たちまち暗澹《あんたん》とした気分になってしまった。

（おれが生きている間は、そんなことになりませんように）

保はひそかに願った。

いっそ、人形草の種は人間の男性の精がなくては発芽できない、という絹夜の説が事実であることを願いたいほどだった。

＊

それから数日後、あの公園の別のベンチの前で、保は再び人形草を発見した。

それは、薔薇《ばら》色の頬をした幼女の人形だった。このベンチで、自分と絹夜と同じことをしたカップルがいたのかもしれない。ふいに、どうしようもないいらだちを感じた。

残酷な気分で、保はそいつを力いっぱい踏みつけた。

人形草はプチッと音をさせ、つぶれた。

靴の裏から血にまみれた内臓と共にはみ出したのは、乳首のない平らな胸だった。

「げっ」

保は跳びのいた。靴は汚れるし、こんな気色悪いものをひそかに始末する羽目になるし、恋人はいないしで、つくづくついてない、と思った。

針

永井するみ

（ながい・するみ）

一九六一年、東京生まれ。東京芸術大学中退、北海道大学農学部卒業。九六年『隣人』で小説推理新人賞受賞、同年『枯れ蔵』で新潮ミステリー倶楽部賞を受賞する。細やかな心情をすくう観察力に力強い筆致を併せ持つ。著書に『歪んだ匣』（小社刊）『防風林』『大いなる聴衆』『ボランティア・スピリット』など。

いつの間にか『ゆかり用』と決まってしまった感のある、大ぶりのマグカップでカフェオレを飲みながら、佐々木《ささき》ゆかりは模型自動車で夢中になって遊んでいる息子を見る。

「知り合いにクラシックカーの模型を作るのを趣味にしている人がいてね、いらなくなったっていうのをもらってきたのよ。景《けい》ちゃんの気に入って良かったわ」岡埜《おかのき》貴保子《ほこ》が嬉《うれ》しそうに言う。

「主人の父も模型が趣味なんですけど、とても大事にしていて、景太郎《けいたろう》には触らせないんですよ」

「あら、そうなの？」

貴保子はゆったりとしたソファに背を預け、くすくす笑った。

最初にこの家を訪れたときは、アイボリーの革張りのソファを景太郎が汚してしまうのではないかとひやひやした。ゆかりの心配は当たって、景太郎は菓子やジュースを次から次へとこぼしてしまった。ゆかりは慌《あわ》てたが、貴保子は微笑《ほほえ》んで、大丈夫、きれいに落ちるクリーナーがあるから心配しないで、と言った。事実、次に来たときには景太郎がつけた汚れは、きれいになくなっていた。今では、景太郎がクレヨンや油粘土をべったりつけてしまっても、ゆかりはさほど慌てなくなった。

「ゆかりさんのご実家は遠いから、気軽に帰れないでしょう？　だから私の家を東京にあるもう一つの実家だと思ってちょうだい。景ちゃんが部屋を汚そうが、何か壊そうが、そんなことはちっとも構わないのよ。私みたいなおばあちゃんはね、ゆかりさんと景ちゃんが遊びに来てくれるだけで嬉しいんだから」貴保子はゆかりに言うのだった。

ゆかりと貴保子が知り合ったのは、およそ半年前。デパートへ買い物に出た帰りのこと、電車の中で景太郎はぐっすり眠入ってしまった。降りる段になり、景太郎を抱きかかえながら、買い物してきた荷物をどうやって持ったものかと困っていたゆかりに、手を貸してくれたのが貴保子だった。

「お荷物、持ちましょう」

貴保子はデパートの紙袋を持ってくれ、改札に向かいながら、どこまで帰るのか、と訊《き》いた。住所とマンション名を言うと貴保子は分かったようで、

「ああ、あのきれいなマンションね。うちも同じ方角なの。ご一緒しましょう」とうなずいた。

ゆかりの胸に頬《ほお》を押し当てて眠っている景太郎を見つめながら、自分にも同じくらいの年頃の

孫がいるのだと貴保子は言った。娘夫婦が海外で暮らしているため、滅多《めった》に会うことができないのだということも。

「お孫さんがいらっしゃるようには見えません。とてもお若くて」

世辞でもなんでもなくゆかりが言うと、貴保子は楽しげに微笑んだ。

「自分でもおばあちゃんだなんて信じられないんだけど、いつの間にか歳をとってしまったみたい。先週、五十歳になったところです」

「あら、やっぱりお若いわ」

「そうかしら。私はね、二十三のときに娘を産んだの。当時にしてみれば、それほど早いわけでもないと思うわ」

「それじゃあ、お嬢さんは二十七歳なんですか。私も同じ歳です」

「素敵な偶然ね」

話しているうちに、ゆかりのマンションに着いた。デパートの紙袋をゆかりに渡し、貴保子は景太郎の背中をそっと撫《な》でた。

「私の家はそこの角を右に折れてしばらく行ったところなの。岡埜と言います。今度、是非遊びに来て」

ゆかりも慌てて名乗り、

「角を右に曲がったところのお宅なら、遠回りさせてしまったことになるんですね。すみませんでした」

「いいえ、どういたしまして」

貴保子は柔らかに微笑んで手を振り、背を向けた。

翌日、ゆかりは貴保子の家を探しに出かけた。菓子折を携《たずさ》えて礼を言いに行くほどのことでもないと分かってはいたが、これきりというのも寂《さび》しかった。

貴保子の家は、広い敷地に建つ一戸建てで、丁寧《ていねい》に手入れの施《ほどこ》された庭木と年月を経た家屋の佇《たたず》まいが調和していた。界隈《かいわい》にマンションや鉄筋造りの戸建ての増える中で、昔ながらの和風建築の彼女の家は清々《すがすが》しく、同時に非常に贅沢《ぜいたく》だった。前の日に会ったときの貴保子の服装や雰囲気から、余裕のある生活を送っている女性だろうと想像はしていたのだが、彼女の家はそれにぴたりと符合した。

貴保子が庭先にでもいて少し話ができれば幸運だと思っていたのだが、姿はなかった。またの機会にしようと思ったとき、景太郎が大声を上げた。

「あの赤いの、なにー?」

門の近くに植えられたセンリョウの枝を指差していた。こぼれんばかりの小さな赤い実に、目が吸い付けられてしまっているようだった。

「赤いの、ほしい」景太郎が言い張る。

「よそのおうちのだから」

ゆかりが言い聞かせても景太郎は納得しない。赤いの、赤いの、と繰り返した。そのとき窓が開いた。あら、と言って顔を出したのは貴保子だった。ゆかりが会釈するのを見てにっこり笑い、貴保子はすぐにサンダルを履《は》いて表に出て来ると、センリョウの実をいくつか摘《つ》み取って景太郎の掌《てのひら》に載《の》せてくれた。

「嬉しいわ。来て下さって。お茶でもどうぞ」

景太郎が大喜びで貴保子の家に入って行き、ゆかりも遠慮気味にあとに続いた。

「気兼ねなさらないで。気ままな一人暮らしですから」貴保子はゆかりを振り返って言った。

「主人は娘が嫁いだ年に脳卒中で」

「そうなんですか」

「ええ。ですから、あなたたちが来て下さって本当に嬉しい。家中がぱっと明るくなったわ」

以来、週に一度、あるいは十日に一度、ゆかりは景太郎を連れて貴保子の家を訪れる。一緒にお茶を飲み、世間話をし、テレビやファッション雑誌を見る。

貴保子の家に来る度、小さな子供のいる日常でこれほどゆったりとした時間を持てる幸福を思う。景太郎と二人でいるときも、同じくらいの年齢の子供を持つ母親たちと会っているときも、常に大きな声で話をしているような気がする。そのせいで喉飴《のどあめ》が手放せなくなってしまった。けれど、貴保子の家にいるときは違う。小声とまではいかないが、胸の奥のほうから発声する落ち着いた声音で話すことができるし、一つ一つの動作が静かで緩《ゆる》やかなものになる。景太郎さえも金切り声を上げたり、泣き叫んだりすることがない。夕方になると決まって機嫌の悪くなる景太郎も、貴保子が抱き上げ、背中を静かに撫でながら童謡を歌い始めると、不思議とすぐに治まる。

スープの冷めない距離に実家のある幸せ。仙台《せんだい》に実家のある自分には無縁だと思っていたそれを、ゆかりは貴保子の家で味わうことになった。

「最近、ご主人はどう?」何気ない口調で貴保子が問う。

ゆかりは首を横に振った。

「相変わらず、ってこと?」

夫の杏一《きょういち》が勤務先の女子社員と関係を持っているらしいことに気付いたのは、ちょうど貴保子と知り合った頃、半年前のことだ。仕事が忙しいと言って深夜の帰宅が増えたときは、まだ疑わなかった。休日に出社することが増え、着る物に気を使うようになったことで、これはおかしいと思った。家では携帯電話の電源を切るようになり、スーツやネクタイだけでなく、靴下や下着にまで気を使うようになったときには確信していた。

杏一が風呂に入っている隙《すき》に、ゆかりは背広のポケットに入っていた携帯電話を手に取ってみた。風呂場の音に耳を澄ませてから、電源を入れた。ロックがかかっていた。以前はゆかりの誕生日を暗証番号にしていたが、変えているに違いなかった。景太郎の誕生日の数字を押してみた。違った。少し考えてから、0911と入れてみた。アメリカを悲劇が襲った日。この日付は決して忘れられないな、と杏一が言っていたのを思い出したからだ。あの少し前から杏一の帰宅が遅くなり始めたのだった。ロックは解除された。簡単に見通せる杏一の思考パターンにげんなりしながら、ゆかりは着信履歴を確認した。杏一と同じ部署にいる女性からのコールが数多く記録されていた。

杏一には前科があった。ゆかりとの結婚が決まり、結納を済ませた頃、他の女性と横浜のホテルに泊まったのを知った。クレジットカードの利用明細をたまたま目にしたゆかりが問いつめたのだ。杏一は女と会っていたことをあっさりと認めた。結婚式が近付くにつれて不安になっていったこと、結婚して家族を支えていくこと、家庭を持つことに恐れに近い思いを覚えたこと、それゆえ別の女性に一時的に逃避してしまったのだと言った。二度としない。杏一は言った。二度と逃げたりしない。

あのときは杏一が自らの弱さを潔《いさぎよ》く認めたこと、一心に詫《わ》びたこと、それを自分が許したことで、二人の絆《きずな》が強固になったような気がした。醜《みにく》さも弱さも痛みも分かち合えたと思ったのだ。が、錯覚だった。杏一はまた逃げた。家庭というものから。妻子という愛しくもわずらわしきものから。

ゆかりは毎日、杏一の携帯電話の着信履歴をチェックし続けた。無防備なのか、ゆかりを甘く見ているのか、杏一は着信履歴をまめに消去することさえしていなかった。

杏一と女性がどの程度の関係なのかは分からない。今はまだ電話で話し、食事をし、たまに一緒に酒を飲んでいるだけなのかもしれない。が、いずれそれだけでは済まなくなるだろう。

「がまんできる？」貴保子が問う。

「今は耐えるしかないかな、と思って。彼が会社の女の子と関係を持ってるっていう決定的な証拠もないし。それに、もうすぐ景太郎の誕生日なんです。家族三人でお祝いしたいんです。今、私と彼が揉めたりしたら景太郎がかわいそう」

「景ちゃんは、三歳になるのよね？」

「ええ」

「子供の誕生日って特別なものよね。娘の三歳の誕生日のこと、私、今でも覚えているもの」

ゆかりは小さくうなずいた。

「えらいわ、ゆかりさん。こういう場合、短気を起こしてしまう人が多いのに、ちゃんと冷静に考えていて」

「貴保子さんに話を聞いてもらえるから、落ち着いていられるんです。誰にも話せなかったら、もっと辛《つら》かったと思う」

「少しでもお役に立てればいいのだけれど。私にできることと言ったら、聞いてあげることだけだものね。他には何もできないわ」

「聞いて頂けるだけで充分です。それに私、主人に女性がいると分かっても、あまり嫉妬する気持ちが起きないんです」

貴保子は意外そうに目を見開いた。

「気持ちが冷めていくだけで」

「かわいそうに。ゆかりさん、心に蓋《ふた》をしてしまっているのね」

そうだろうか、とゆかりは自問する。自分が傷つかないように、心に防護壁をめぐらせているのだろうか。もしかしたら、離婚という選択肢を見ないでいられるようにしているだけなのかもしれない。今の生活を変える。それを思うと、ゆかりは恐怖に駆られる。常に自分を楽な状態に置いておきたかった。今の状態も確かに精神的に楽ではないが、それでは離婚したら楽になるのかと言うと、確証はない。経済的に逼迫《ひっぱく》することだけがはっきりしている。子供を抱えて必死に働いている自分など、想像してみたくもなかった。

景太郎は模型の車を握りしめ、次はどこを走らせようかと思案を巡らせている。床を走らせるだけでは飽きたらなくなったのだろう。壁を伝わせ始めた。思いきり伸び上がって、車を上へ上へと走らせようとする。爪先立ちになって、壁に飾られた大きな額を目指しているようだ。

「届かないわねえ」貴保子が笑う。

壁に掛けられているのは、畳二畳ほどもあろうかという大きな作品で、田園風景の中にうねうねと細い農道が走っている。深みのある色合いは油絵のような印象を与えるが、実際は非常に織細に刺されたフランス刺繍《ししゅう》である。貴保子自身の手に成《な》るものだという。

「若い頃にね、フランス刺繍に熱中した時期があって」

一時はカルチャーセンターで講師をつとめたこともあったのだと言った。

「人に教えるのなんて性に合わないから、すぐにやめてしまったけれど」と貴保子は恥ずかしそうに付け加えた。

景太郎は模型の車に額の中の農道をドライブさせたいらしい。が、どうやっても届かない。ジャンプすると、模型の車が額に当たって、かつんと音がした。額が揺れる。

「景太郎、やめなさい。おばさまの大切なものなんだから」

景太郎が驚いて振り返る。探るような視線をゆかりと貴保子に向ける。

「大切なもの？」景太郎が訊く。

貴保子はうっすらと笑って、

「大切と言えば大切かしらねえ。大きなものだから、それだけ時間も手間もかかったし」

「見事な出来ですよね」ゆかりは素直に感嘆する。

「ありがとう。だけど、これを見ていると、いつも何かやり残したことがあるような気になるのよ」

「やり残したこと？」

「そうなの。とても大切なことをやり残したようで……。そんなことより、景ちゃん、お林檎《りんご》でも剝《む》きましょうか」貴保子が立ち上がった。


細い糸が六本より合わされて刺繡糸はできている。それをまず一本ずつにほぐすことから貴保子の作業は始まる。深い緑色の糸を丁寧《ていねい》に分け、絡まないように間隔を置いて一本ずつテーブルに並べる。一番端の一本を取り上げて針に通し、丁寧に刺していく。

緩やかな起伏を繰り返す緑の丘。よく見ればそれは葡萄《ぶどう》畑で、たわわに実った葡萄の房が点描となって存在している。葡萄畑の間を細い道が蛇行しながら彼方まで続いている。道を行く農夫は広いつばの麦わら帽子を被っている。太陽は既に西に傾き、紅色の光が空を明るく染めている。

下絵を描くのに一週間を要した。下絵の素材は、雑誌に載っていた写真から取った。『実りの国、フランス』と題されたもので、両ページ見開きで葡萄畑の写真が載っていたのだ。素朴で力強い風景に惹《ひ》かれた。今まさに暮れていこうとする太陽に照らし出された葡萄畑に、比類なき存在感を見た。

これまで挑んだことのない大作だった。大きさからして、縦横それぞれが二メートル近くある。写真に素材を求めた本格的な風景を刺すのも初めてだった。フランス刺繡を始めてから、貴保子が仕上げた作品のほとんどが、ノート大のごく小さなものばかりだったし、素材も花や木、動物、果物などがほとんどだった。飽き足らなくなっていた、というのも確かにある。労力を要する大型の作品にチャレンジしてみたいという思いをずっと抱いてもいた。けれど何よりも、貴保子を新しい作品に挑ませたのは、我を忘れていたい、という思いだった。刺繡に熱中することで、我を忘れてしまいたい。それも、できれば長い期間。

夫の準彌《じゅんや》の体から女の匂いがするのには、だいぶ前から気付いていた。深夜の帰宅はもちろん、外泊することも多くなった。訊けば、仕事が立て込んでいたんだと言うが、嘘だというのは分かり切っている。背広の肩の辺りに染み込んだ香水は、貴保子が若い頃に、準彌と結婚する以前に、使ったことのあるものだった。つまりは若い女の好む香り。

娘の美歩《みほ》の誕生日だから早く帰ってと念を押しておいた昨週の金曜日、準彌は、深夜一時を過ぎてから帰宅した。当然、美歩は眠ってしまっていた。準彌はケーキの箱を携えて帰宅し、美歩と食べなさい、とダイニングテーブルに置いた。

「ケーキならもう食べました」

貴保子がつっけんどんに言うと、準彌は口元を歪めて、ふうん、そうか、と言った。

「どうして早く帰ってきて下さらなかったの」

「外で働いている人間には、どうしても抜けられない用事というのがあるんだ」と言ってから準彌は、水をくれ、とキッチンを顎《あご》で示した。

「女の方と遊んできた人に、お水を持っていく義理はありません」

「なに？」準彌の形相《ぎょうそう》が変わった。

「図星でしょう？　娘の誕生日だというのに、そっちのけで女の人と楽しんでいたんでしょう？　そのケーキだって、女の人に言って買っておかせたものではないんですか」

「うるさい！　それが疲れて帰ってきた主人に向かって言う言葉か！」

「お仕事で疲れたわけではないんでしょう？」

「お前にそんなことを言われる覚えはない。誰に食わせてもらっていると思ってるんだ？」

準彌は思いきり腕を振った。テーブルの上に置いてあったケーキの箱が床に落ち、無惨に潰《つぶ》れる。さらに準彌はダイニングテーブルの椅子を蹴った。

「やめて下さい」

「女の一人や二人いて、何が悪い。男の甲斐性ってもんじゃないか。お前が我慢できないと言うのなら、仕方がない。美歩を連れて出ていけ」

準彌はもう一度、腕を振り回した。薔薇《ばら》の花が生けてあったクリスタルの花瓶が派手な音を立てて床に落ちる。喉の奥で貴保子は悲鳴を上げた。恐ろしさに身がすくんだ。階段に足音がして、寝ぼけ眼《まなこ》の美歩がダイニングルームのドアから顔を出した。

「ママ?」部屋の惨状を目の当たりにして、美歩は怯《おび》えた顔をする。

「何でもないのよ。美歩、寝てなさい。さ、お部屋に行きましょう」

貴保子は慌てて美歩を抱き上げ、二階の子供部屋に連れて行った。美歩は不安そうに貴保子にしがみついていたが、背中をさすっているうちに眠りについた。肌掛けを肩のところまで引き上げてやり、部屋の電気を消して階下に行くと、準彌はリビングルームのソファに長く伸びて、いびきをかいていた。

頭近くに立って準彌を見おろす。だらしなく緩んだ口元、毛穴の目立つ肌、やや後退気味の生え際は四十歳を過ぎた男のそれだが、太い首、まっすぐに張り出した肩、厚い胸板や贅肉のついていない胴回りは若い頃と変わっていない。こうして横たわっていると分からないが、学生時代に弓道で鍛えたというだけあって、背筋のぴんと伸びた立ち姿はきりりとしていて、準彌をよりいっそう押し出しのいい男にしていた。おまけに彼には平均以上の経済力があった。祖父が残した貿易会社で専務をしているが、いずれは準彌が継ぐことになる。月々貴保子に渡してくれる生活費も充分過ぎるほどの額だったし、準彌自身が自由に使える金もかなりあるに違いない。若い女と楽しもうと思えば、簡単なことだった。妻にとやかく言われる覚えはない、と思っているのだろう。

経済的に不自由させずに、可能な範囲で家族サービスをする。たとえば、娘の誕生日、深夜に帰宅したとしてもケーキを持って帰りさえすれば、妻子は準彌の思いやりに感謝し、傅《かしず》いて当然だ。彼はそう思っているのだ。屈辱だった。そんなふうに思われていることも、そして、実際にある部分ではその通りであるということが、よけいに。

自由で愛に満ちた人生が欲しいと貴保子は切に思う。けれど、そんなもの、どうやったら手に入ると言うのか。準彌と別れて新しい人生を歩み始める？　娘の美歩は三歳の誕生日を迎えたばかり。貴保子には手に職もない。貴保子の実家はそこそこに裕福だが兄が継ぎ、表面上は笑顔を絶やさないが、何を考えているか分からない兄嫁と折り合いをつけながら一緒に暮らすなど、とても無理な相談だった。つまり、準彌と別れたら、途端に生活に行き詰まるということだ。耐えるしかないのだった。

貴保子はひたすら針を動かす。緑色の丘がほんの少し姿を現わす。針を刺したときの、ぷつん、という音と感触が貴保子はことのほか好きだ。あるかなしかの小さな穴が布にあき、糸が表に現われる。過《あやま》って指に針を刺してしまったときなど、ごくごく小さな傷なのに、鈍い痛みがあとあとまで続き、出血も長引く。

ぷつん、ぷつん、と針を刺していく。いつまでも刺していく。

「お部屋の中ばかりじゃ、飽きちゃうでしょう？　お庭に出てみましょうか」

貴保子が景太郎を誘った。景太郎はお気に入りの模型の車を握りしめたまま、顔を輝かせる。

貴保子がリビングルームの掃き出し窓を大きく開け放った。ゆかりが玄関から靴を持ってリビングルームに戻ると、景太郎は靴下で庭に下りてしまっていた。

「景ちゃん」

呼んだところで振り返りもしない。靴下が汚れるのもお構いなしに、ずんずん歩いていく。

「景ちゃんったら」

景太郎はしゃがみ込んで、車に土をかけ始めた。

「景ちゃん、靴を履いて！」つい大声になる。

景太郎がびくりとして振り返った。貴保子も眉を寄せてゆかりを見る。

「あ、ごめんなさい」

ゆかりが詫びると、貴保子はすぐに笑顔を見せたが、目にはまだ非難の色があった。大声を出す相手が違うでしょう、と言われているような気になる。どうしてそんな目で見るの？　貴保子さんにまでそんな目をされたら、私はどうすればいいの？　ゆかりはふいに金切り声を上げたい衝動に駆られた。もちろんそんなことはしない。すれば、これまで大切にしてきたものが失われてしまうと分かっている。

景太郎に靴を履かせてから、ゆかりは一度部屋に上がった。バッグから喉飴を取り出し、口に放り込む。甘く、ほろ苦い唾液が喉を伝っていく。薬草の香りが口内に広がる。

少ししてから、ゆかりは庭に戻った。さざんかが咲いている。柊《ひいらぎ》の葉は気を付けないとセーターやストッキングを台無しにしてしまいそうだ。そして景太郎が気に入っているセンリョウの実。

「クリスマスみたい」と言ったゆかりの声は、いつもの落ち着きを取り戻していた。

景太郎の相手をしてやっていた貴保子が、問いかける顔でゆかりを見る。

「赤と緑のお庭の配色」

「ああ」と言って貴保子は軽く笑った。「あのさざんかはね、植木屋さんに言って、冴えた赤い色の花をつける木を持ってこさせたのよ。私の好きな色なの。深い緑と燃えるような赤。この庭に咲くのは、赤い花ばかり」

これまで訪ねてきたときに目にした花々を思い返す。サルビア、アザレア、秋咲きの薔薇、ポインセチア。どれも赤い花だった。

ふと思い付いてガラス越しにリビングルームを見る。壁に掛けられた大きな刺繍額。夕暮れ時の空、暮れゆく太陽に照らされた葡萄畑、全て赤と緑の濃淡で出来上がっていた。

「ママ」

突然、花壇の向こう側で声が上がった。景太郎がゆかりに走り寄ってくる。

「痛い。取ってよぉ」

人差し指を高く上げている。見ると、指先に棘《とげ》が刺さっていた。ささくれ立った花壇の柵に触れてしまったらしい。景太郎の腕を膝に載せ、慎重に棘を抜き取る。きれいに取り去ったつもりが、棘の先端部分が小さなシミのように残ってしまった。棘を浮き上がらせようと、爪で軽く押す。思いの外、棘は深く入ってしまっているようだ。

「ちょっと待ってて」貴保子が部屋に戻って行く。「こういうときは針を使うのが一番」

「大丈夫です。すぐ取れますから」

ゆかりは言ったが、貴保子は棚から裁縫箱を取り出している。

「針ではなくて、棘抜きがあれば貸して頂きたいんですけど」

ゆかりの言葉は貴保子の耳を素通りしてしまったようだ。貴保子は針を手に持ち、キッチンに向かった。

「火で炙《あぶ》れば、殺菌消毒になるから」貴保子の声が聞こえてくる。

熱く焼かれた針を指に刺す。思った途端、ゆかりは怯えた。針の力を借りずに棘を抜こうと躍起になる。

「痛いよ」景太郎がべそをかく。

景太郎の指先に、ゆかりの爪の痕が残っていた。強く押しすぎたらしい。棘はちょこんと頭をのぞかせただけ。指先で摘《つま》もうとすると、また肉の中にもぐってしまう。

「お待たせ」貴保子が庭に出て来た。針を持っている。「さ、景ちゃん、指を見せて」

有無《うむ》を言わさず、景太郎の腕を摑《つか》む。光がちょうど指先に当たるようにしてから、貴保子は棘の先端に針を当てた。景太郎は何が何だか分からない様子で、黙りこくっている。針の先端が肉にほんの少し埋まる。

「ほら、取れた」貴保子が明るい声を上げる。

針の先に茶色い小さな棘が載っていた。景太郎は何度か瞬《まばた》きして、自分の指先に目をやる。小さな赤い点が滲んでいた。

下北沢《しもきたざわ》の駅を降り、貴保子は商店街の中を足早に歩いて行く。

準彌の手帳にあった女の住所を盗み見たとき、夫の女が自宅から駅二つしか離れていないところに住んでいたことに貴保子は傷ついた。同じ私鉄沿線。妻と愛人が同じ電車に乗り合わせる可能性だってある。それを準彌は少しも意に介していなかったということだ。自宅と愛人宅が近いのは行き来しやすく、便利でいいとさえ思っていたかもしれない。

女の住まいは、比較的新しいモルタル造りのアパートだった。二階の角部屋。つつましやか、と言ってもいい。準彌のことだから、もう少し贅沢なところを借りてやっているのではないかと思っていたのだが、案外準彌も金に渋いところがあるようだ。

アパートの前で立ち止まり、貴保子は改めて自分自身を見る。薄いブルーの簡素なスーツを着ていた。ローヒールの靴は上等なものだが古びている。アパートに住む女の目に今の自分はどんなふうに映るだろうかと考える。家庭に安住した女。夫に従属することしかできない、かわいそうな女。そんなところだろうか。アパートに住む女は確実に自分よりも若く、また、かなりの確率で容貌の点でも自分より勝っているだろう。

「貴保子、きみはどんなときでも品がいい。顔立ちにしても、立ち居振る舞いにしても。それが魅力なんだ」

かつて夫はそう言ってくれた。けれど、裏を返せば、どこといって取り立てて目立つ魅力がないという意味にもとれる。

ここに住む女はそうではあるまい。派手な顔立ちをしているか、婉然《えんぜん》とした微笑が似合うか、あるいは……。やめよう。これ以上考えてみても仕方がない。

貴保子はバッグを胸元に引き寄せた。階段を一歩上る。

「認知するつもりだから」

準彌の声が蘇《よみがえ》る。昨夜、準彌は深夜に帰宅したが、酔ってはいなかった。どこか清々《せいせい》した顔をしていた。そして、背広の上衣を受け取る貴保子に何でもないことのように告げたのだ。

「妊娠したと言うんだ。困ったことではあるが、目出たいことでもある。お前には迷惑はかけんよ。認知はするが、それだけだ。この先、美歩には兄弟が出来たことを知らせるつもりもない。あくまでもここの家はここの家、向こうは向こうだ」

それだけ言うと、準彌は風呂に入り、さっさと寝てしまった。貴保子は啞然としたまま長い間、ソファに座っていた。頭の芯の部分が痺《しび》れたようになって、何も考えられなかった。

しばらくして、貴保子はソファの足下に手を伸ばした。大きめの裁縫箱が置いてあり、中には刺繡用の布、図案集、鋏やメジャー、さまざまな色合いの刺繡糸が入っている。ピンクッションには数本の待ち針が刺してあるだけだが、隣りに銀色の紙で丁寧にくるんであるのは刺繡針の束だ。刺繡糸の太さや、刺す布の厚さや質に合わせられるよう、数多くの針を用意していた。必要に応じて適当な針を銀紙の中から出し、ピンクッションに刺して使う。貴保子は針の束を静かに持ち上げ、じっと見つめた。部屋の照明を反射して光る。針を一本選び、茜《あかね》色の糸を通した。乳白色の布地に丁寧に刺していく。ささくれだっていた気持ちが少しずつ和《やわ》らいでいく。寝室から夫のいびきが微かに聞こえてきても、涙はこぼれなかった。貴保子は一晩中、針を動かし続けた。

アパートの階段は上る度にきしむ。まるで自分の体の一部が悲鳴を上げているような錯覚を覚える。貴保子は女の部屋の前に立った。女は部屋にいるようだ。テレビを見ているのか、音楽を聴いているのか、何か微《かす》かに音がしている。外に音の漏れる安普請のアパート。

夫の子供を腹に宿した女は、今どんな気持ちでいるのだろう。

ベルを鳴らそうとして上げかけた右手を下ろし、貴保子は体の両脇でぎゅっと拳を握りしめる。

女と相対してなんと言うのか。許さない、とでも？　それとも精一杯の皮肉をこめて、祝福するわ、とでも？

熱に浮かされたようにしてここまで来て、ふいに貴保子は冷静になった。

女に叩きつけたいものは言葉ではない。もっと別のもの……。胸の奥に澱《おり》のように溜まった何かを、思いきり女に叩きつけてやりたいのだ。

バッグを探る。銀色の紙で丁寧に包まれた小さな塊。それを目にした途端、貴保子はほっと息をつく。出掛けにバッグに放り込んでおいたのだった。貴保子にとっては守り刀のようなものだ。持っているだけで落ち着く。指先でそっと摘み、目の高さに掲げる。銀紙の端を開いた。包まれていた針が次々に落ちる。光を反射してきらきらと光る針は、水辺で跳ねる稚魚のようだ。美しい。束の間、貴保子は見とれた。

そのときドアの向こうで微かな音がした。貴保子はびくりと体を震わせる。ドアチェーンを外す音。貴保子は身を翻《ひるがえ》し、階段を駆け下りる。後ろでドアの開く音がした。

杉並《すぎなみ》にある杏一の実家に行くと、景太郎はいつもご機嫌である。当たり前だ。何でも望みを聞いてくれ、決して怒らない祖父母の側にいて機嫌が悪くなるはずがない。

「もうすぐ景太郎の誕生日だからなあ、欲しい物を言ってごらん。おじいちゃんがプレゼントするよ」義父は景太郎を膝に抱き、問いかける。

「おじいちゃんのシュッポがほしい」景太郎が言う。

「うん？」

景太郎は飾り棚を指差す。鉄道模型を趣味にしている義父の力作が飾ってある。雪景色の中を走るＳＬは、非常に精巧な造りで、手間も金もかなりかかっているだろうと知れる。孫には甘い義父だが、鉄道模型に関してだけは別である。景太郎に触らせるわけにはいかないと考えたのだろう。景太郎の手の届かない高いところに丈夫なショーケースを据え付けて飾ってあるのだった。

「ああ、あれか。景太郎は目が高いな」義父が声を立てて笑う。「よし、分かった。おじいちゃんが腕によりをかけて、もっといいのを作ってやろう。景太郎の誕生日には必ず間に合わせるよ」

「お義父さん、景太郎のために、そんな」

ゆかりの言葉に、義父はにやっと笑ってみせた。

「大丈夫だよ、ゆかりさん」

高価な材料は使わずに子供が喜ぶようなものを作るから安心しろ、と言いたいらしい。

「約束だよ、おじいちゃん」

景太郎が小指を突き出し、義父が指を絡めた。

「良かったわねえ、景ちゃん。さ、こっちでチョコレートケーキを食べましょう」

義母が景太郎を抱き上げる。景太郎を取り上げられた形の義父は一瞬不満そうな顔をしたが、おじいちゃんも一緒に食べようよ、という声を聞いてすぐに機嫌を直した。

ゆかりはちらりと腕時計に目をやる。午後四時。夕方チョコレートを口にすると、景太郎は夜なかなか眠らなくなってしまう。それで午後三時以降はチョコレートを与えないようにしている。

「少しにしておきなさいね」景太郎に言うと、

「あら、いいじゃないの。好きなんだから、たくさん食べさせてあげなさいな」

「でも、チョコレートを食べ過ぎると……」

ゆかりの言葉を遮って、

「眠れなくなるって言うんでしょ。いいじゃないの。たまのことなんだから」義母が言う。「私はね、景太郎に、好きなものは好きなだけ食べさせてあげたいの。必要以上に我慢をさせることなんかないわ。やりたいっていうことがあったらやらせてあげたいし、欲しいっていうものがあったら与えたい。杏一もそうやって育ててきたけど、別に困ったことは何もなかったわ。わがままにもならなかったし、贅沢にもならなかった。むしろ、自主性のあるのびのびした子に育ったと思っているの」

なるほど、とゆかりは心の中で溜息をつく。こんなふうに甘やかされていたら、杏　がいつまで経っても大人になりきれないのも無理はない。

「景太郎は杏一の小さい頃にそっくりだわ。楽しみねえ」義母が目を細める。

ゆかりは不安になる。景太郎が杏一と同じような男に成長したらどうしよう。

景太郎は両手と口の周りをべたべたに汚して、チョコレートケーキを食べている。義母が濡らしたタオルで汚れを拭き取ってやるが、すぐにまたチョコレートケーキに手を伸ばすので同じ有り様になる。義母は、あらあら、と言いながら笑っている。

「ゆかりさんも召し上がれ」義母が笑いながら勧める。

ゆかりはうっすら微笑んで、ありがとうございます、と応じる。

「おいしいわ」一口食べてからゆかりが言うと、

「そうでしょう？　年季が違うもの」義母は得意そうな顔をする。

「誰だって四十年も同じものを作っていれば、上手《うま》くなるさ」と義父。

「あら、今の言葉をそのままお返ししますよ。お父さんの鉄道模型だって同じでしょ。大したものだって、ご自分では思ってらっしゃるようですけど」

「お義母さんもお義父さんも、大したものですよ」

ゆかりがわざとらしく言い、三人揃って笑い声を上げる。

何故《なぜ》私はここにいるのだろう。笑いながらゆかりは思う。身勝手で自己中心的で、どうにも大人になりきれない杏一という男を育て上げた義父母に会うと、今の自分の苦しみのそもそもの原因を作ったのは、あなたたちなのだと思う。うらみつらみをぶつけたくなるが、景太郎の無邪気な笑顔を見てようやく堪《こら》える。その繰り返しで、鬱憤《うっぷん》はたまるばかりだ。なのに来てしまう。

景太郎を連れて遊びに来て、と義母から毎日のように電話がかかってくる。だから杉並の家を訪れないわけにはいかない。確かにそれもある。だが、それだけではない。

孤独……。ゆかりは何とかして孤独を埋めたかった。貴保子の家を訪ねているときはゆったりとした気分でいられる。けれど、さすがに毎日訪ねて行くわけにはいかない。同じ年頃の子供を持つ母親同士で会うのもいいが、必ずお互いの夫のことが話題に上る。皆、愚痴は言うものの、それは夫が子育てに参加してくれない、休みの日に寝てばかりいるといった、どうでもいいようなことばかり。ゆかりのように深刻な悩みを抱えている者はいない。彼女たちの話に合わせ、当たり障りのないことを言って、その場を取り繕《つくろ》っているのにも疲れてしまった。それに、最近の景太郎はわがままがひどく、同じ年頃の友達と遊ぶと必ず揉めに揉め、大泣きして家に帰ってくることになる。友達と遊ぶより、祖父母の家を訪ねたいと言うことも多い。結局、杉並の家を訪ねるのは、景太郎にとってもゆかりにとっても、楽なことなのかもしれなかった。ここにいる限り、現実から遠く離れていられる。

「おじいちゃん、ほんとにシュッポ作ってくれるの？」景太郎が訊いた。

「武士に二言はないぞ」義父が芝居がかった口調で言う。

「ブシってなあに？」景太郎は不思議そうだ。

　夫を殺してやりたいと貴保子が心底思ったのは、女の存在を知ったときではなく、女と別れたと聞かされたときだった。

「子供が流れたんだ。そういう運命だったんだろう。仕方がない」準彌は沈痛な面もちで言った。

「どうして」貴保子は震える声で訊いた。

「あのバカが米を買いに出たらしい」

「お米？」

「五キロ。配達させればいいものを、自分で持って帰ったらしい。それが体に障ったんだろう」

一段上るごとにきしむアパートの階段が浮かんだ。

「この機会に、向こうとはすっぱり手を切った。もうお前が気に病むようなことは何もない。嫌な思いをさせて悪かったな」

貴保子は驚きのあまり、一言も発せずにいた。準彌は安心させようとしてだろう、貴保子に向かって微笑んで見せた。夫の顔を凝然と見つめ、貴保子はただ身を硬くしていた。

準彌はここのところ、ずっとうきうきした様子をしていた。生まれてくる子供を楽しみにしているのだと分かった。そんな準彌を見ているのは身を切り刻まれるように辛かった。嫉妬で錯乱しそうにもなった。一度は女のアパートを訪ねるような真似までしてしまった。が、結局、堪えるしかないと貴保子は腹をくくった。準彌の子供がよそにできたとしても、美歩と自分はこれまで通りの暮らしを続けるしかないのだ。

それなのに、準彌は簡単に女を捨てた。自分の子供を宿し、流産した女を。運命だったんだろう、などと言って……。

準彌は早めに帰宅するようになった。仕事が一段落ついたのだと言っていたが、女のアパートに寄らなくなったからだというのは分かり切っていた。美歩の遊び相手をしてやり、貴保子の手料理を誉め、寝る前にはナイトキャップを一緒に楽しもうと貴保子を誘った。休みの日には家族揃って、芦《あし》ノ湖《こ》や伊豆《いず》高原に出かけた。どういうわけか、準彌は女が流産したことをきっかけに家庭を大切にしようと改心したらしい。美歩のためにも有り難いことだったから、貴保子は喜んでそれを受け入れ、毎日笑顔を絶やさないよう努めた。が、円満な家庭は、流れ去った哀れな赤ん坊の上に成り立っている。それを思う度、貴保子はそそけだった。

貴保子は深夜一人で針を手にし、葡萄畑の刺繡を続けた。ぷつん、と布を通す度、針を準彌に刺してやったらどうだろう、と考えた。指の先、あるいはアキレス腱に、すっと針を刺し入れてやったらどうだろう。泥酔し、熟睡していたら気がつかないのではないか。痛みに顔を歪めはするものの、それだけなのではないか。

体に入った針は血液の流れに乗って血管を進み、心臓に到達する。やがては心臓に穴が開き、死に至る。心臓に到達する前に針を取り出そうとしても、容易なことではない。血流に乗った針は、簡単には捕まらない。

「針は生きているのよ」貴保子が幼い頃、母が言った。「人の命を奪うこともあるの」

それが本当かどうか分からない。針を扱うときには、いくら慎重にしてもしすぎることはないと、貴保子に教えるために母が誇張したのかもしれない。が、もしかしたら、本当かもしれない。本当だとしたら、何て素敵な話だろう。こんなに小さく細い針一本で、大の男を殺すことができる。

貴保子は刺繡針を目の高さに掲げた。きらりと光る針を目にした途端、女のアパートが思い浮かんだ。女の部屋の前で、貴保子は針の束を解き、散らした。ドアを開けた女の目に、走り去る貴保子の姿は捉えられたはずで、あの針を放ったのが誰であるかはすぐに分かっただろう。にもかかわらず、女はそれを準彌に告げなかったらしい。準彌が耳にしていれば、厳しく貴保子を責めたに違いない。身重な女のところにのこのこ出かけて行って針を落としてくるなど、お前は一体何を考えているのかと怒鳴っただろう。準彌がそれをしなかったのは、女が何も言わなかったからだ。

女に何かを負っているような気持ちになる。連帯感とまではいかないが、女に借りができてしまったような気がした。

ぷつん、とまた一針、丁寧に布に刺す。

布なんかではなく、準彌にこの針を刺してやりたい。女のためにもそうしなければならない。

貴保子は裁縫箱を探り、新しく買ったばかりの刺繡針を取り出す。銀紙に包まれたそれを掌に押し隠し、寝室に向かう。準彌は軽いいびきをかいて眠っていた。布団から足が突き出している。

あの足。土踏まずの柔らかそうなところ。いや、だめだ。もっと心臓に近いところのほうがいい。腋の下はどうだろう。それとも首がいいだろうか。血管がたくさん集まって、脈打っている。

屈み込み、準彌の寝息を窺う。掌の中で針の束が熱を帯びる。

何という暢気《のんき》な寝顔。貴保子は奥歯を嚙みしめる。

そのとき二階で音がした。ごとりという音。美歩がベッドから落ちたに違いない。最近、やけに寝相が悪いのだ。

貴保子はすとんと床に腰を落とした。荒く短い呼吸を繰り返す。

今はだめだ。今は。美歩が大きくなるまでは。

音を立てないように寝室を出てリビングルームに戻る。針の束を裁縫箱に戻してから、美歩の様子をみるために二階に上がった。

「今度の日曜日でしょう？　景ちゃんのお誕生日」貴保子が訊いた。

「そうなんです。主人が月曜日に有休をとって、一泊で静岡に行くんです。ＳＬが走っているところがあって、それを見に」

「景ちゃんの大好きなシュッポね？」

シュッポ、シュッポと景太郎が汽車の真似をしながら、貴保子の家のリビングルームをぐるりと一周する。

景太郎の姿を目で追いながら、景太郎の誕生日が過ぎたらどうしようとゆかりは考える。いつまでも女のことを見て見ぬ振りをしているわけにはいかない。いずれは、杏一と正面から向かい合わなければならない。ゆかりが問いつめれば、杏一は事実をあっさり認めるだろう。そして言うのだ。寂しかったのだと。ここのところ仕事で行き詰まっていた、耐え難いほどの閉塞感に襲われていた、誰かに話を聞いてほしかったのだと、癒《いや》してほしかったのだと。

実際、杏一が仕事で苦労しているらしいことはゆかりも気付いていた。疲れた顔をしていることが多かったし、寝言でも仕事に関係することを口走ったりしていた。どうかしたの、とゆかりが訊けば、止めどなく愚痴が流れ出てくることは予想がついた。が、ゆかりは敢えて尋ねなかった。いい加減、杏一にも大人になってもらいたかった。耐えるべきことには、一人で耐えてほしかった。子供は景太郎一人で充分だった。しかし、杏一はそれを逃げ口上にするに決まっていた。他の女性に目が向いてしまったのは、ゆかりが景太郎にかかりきりで、ゆっくり相手をしてくれなかったせいなのだと、辛いときに力になってくれなかったゆかりにも責任はあると言うに違いない。

「悪かった、もうこんなことはしない。だけど、きみももっとオレのことを見てくれ。オレを支えてくれ」

杏一の声が聞こえるようだった。そして、分かったわ、と応える自分自身の声も。行き着く先は妥協しかない。一度妥協すれば、二度三度と繰り返されるだけだと分かってはいても……。

杏一は悪い人間ではない。けれど、弱すぎる。そんな男に自分と景太郎の人生を託していいものかどうか疑問だった。かと言って、離婚したとしてもゆかりの思い描く幸福な人生は遠のくだけのような気がする。ゆかりは膝の上で固く両手を握り合わせる。

もし、今、杏一が不慮の事故で命を落としたら？

かなりの額の保険金がゆかりの手に入る。それに、杉並の杏一の両親もゆかりと景太郎のことを案じて、この先、さまざまな形で援助してくれるのは間違いない。杏一と離婚するよりも、はるかに景太郎とゆかりの将来は安定する。幼くして父親をなくす景太郎はかわいそうだが、少なくとも両親の不和を身近に感じて心を痛める必要はなくなる。仙台の実家に帰るという選択肢もある。離婚して娘が戻ってきたとなったら、世間体を気にする両親はいい顔をしないだろうが、死別したとなれば話は違う。ゆかりをいたわってくれるだろう。

「何をぼんやりしているの？」

貴保子に声をかけられて、ゆかりは我に返った。返答に窮《きゅう》していると、

「ご主人のこと？」貴保子が訊いてくる。

ゆかりは曖昧《あいまい》にうなずく。

「分かるわ。辛いわよね」と言ってから、貴保子は視線を窓に向けた。「もう夕方ね」

「長居をしてしまってすみません」慌ててゆかりは腰を浮かせた。

「そういう意味じゃないのよ。良かったら、夕飯を一緒にいかが？　って言いたかっただけ」

「でも……」

これまで何度も貴保子の家でお茶をご馳走になったが、夕方には辞去していた。ゆかりが自主的に決めたルールだと言ってもいい。そうしなければ、ずるずると貴保子に頼ってしまいそうだったから。度を越したことをして貴保子に疎《うと》まれでもしたら、逃げ場がなくなってしまう。それをゆかりは恐れていた。

「ご主人、何時頃に帰ってらっしゃるの？」貴保子が訊く。

さあ、とゆかりは首を捻った。

「月曜日に有休をとるために、今週は目一杯仕事をするって言ってましたから」

どこまで本当かは分からない。今週は目一杯別の女のために時間を使う、という意味なのかも

しれない。

「だったらいいじゃない？　一緒にお夕飯を食べましょうよ。お寿司でもとるわ。景ちゃんも、のり巻きなら食べられるでしょう？」

「でも……」

「遠慮しないで」

「お言葉に甘えてもいいんですか」

「もちろんよ。みんなで食べたらおいしいわ。娘が嫁いで、その後すぐに主人が他界したでしょう？　最初は一人で食事をするのに耐えられなくてねえ。食欲っていうものを忘れた時期もあったくらい」と言ってから、貴保子は笑って手を振った。「今は一人の食事には慣れましたよ。好きな物を好きなだけ食べればいいんだから、とても楽。でもね、やっぱりたまには誰かと一緒にお食事したくなるの。ゆかりさんと景ちゃんが付き合ってくれたら、とても嬉しいわ」

貴保子は電話に向かう。寿司屋にかけて手際よく注文している。時折笑いの混じる明るい声にゆかりの気持ちも明るくなった。そのとき、バッグの中でゆかりの携帯電話が鳴った。

「ごめんなさい。ちょっと失礼します」

言い置いてから貴保子の邪魔にならないようにと、携帯電話を手に廊下に出る。通話ボタンをプッシュする。

「ゆかりさん?」切羽詰まった女の声だった。

「はい。ゆかりです」

「私よ。杉並です」常よりも甲高く、震えているので一瞬分からなかったが、義母だった。

「お義母さん、どうなさったんですか」

「あのね、主人がね、梯子《はしご》から落ちて。ほら、うちに屋根裏収納庫があるでしょう? あそこに入っている段ボール箱をね、出そうとしていたの。景太郎の誕生日に模型を作るって約束してたでしょう。それに使う部品がしまってあるんだとか言って」

胸の奥が鈍く痛んだ。そんなはずはないのだが、杏一が不慮の死を遂げるなどという想像をしていたせいで、義父が怪我を負ったような気がした。

「それで?」ようやくゆかりは訊いた。

「頭と背中をひどく打ったようでね。救急車で……」

「救急車で運ばれたんですね?」

「そう。今、救急病院」

「お義父さんの具合はどうなんですか」

「分からないわ。検査中なの。ね? ゆかりさん、すぐ来て。私一人じゃどうすればいいのか」

「分かりました。すぐ行きます。病院はどちらですか」

義母はしどろもどろながらも病院名とおおまかな場所を説明した。

「杏一にはゆかりさんから連絡してちょうだい。お願いよ。すぐ、すぐ来てちょうだいね」

廊下に出た貴保子が心配そうにゆかりを見ていた。

「杉並の義母からなんです。義父が怪我をして病院に」

「お義父様の容態は？」

「はっきりしたことは分からないんです。すみません、主人に電話を」

断ってから、杏一の携帯電話にかける。留守番電話になっていた。用件を告げて切る。

「大丈夫？　ゆかりさん」貴保子がすぐ側に立っていた。

「ごめんなさい。せっかくお夕飯に誘って下さったのに」ゆかりは貴保子に頭を下げた。

「そんなことはいいのよ」

「景太郎、すぐ行かなくちゃならないの。急いで」

景太郎にコートを着せようとする手が震えた。景太郎が体をよじって逃れようとする。

「景太郎、早くしなさい！」ついきつい物言いになる。

貴保子がゆかりの手に自分の手を重ねて、ゆかりさん、と呼びかけた。

「落ち着いて。ね？　景ちゃんがびっくりしているわよ」

景太郎は怯えた顔でゆかりと貴保子を見比べていた。

「景ちゃんは私がお預かりするわ。そのほうがいいでしょう？　救急病院に小さな子供を連れて行っても、ゆかりさんも大変だし、景ちゃんもかわいそうよ」貴保子が言う。

「でも……」

「お寿司屋さんに、のり巻きを頼んじゃったもの」

ゆかりの気持ちを軽くしようとしてだろう、貴保子はことさらに明るい声で言った。

「それじゃあ、お願いしてもいいですか」

「もちろんよ」

「景太郎、おばさまの家で待っていられる？　後で迎えにくるから」

景太郎は大きくうなずく。

「大丈夫ですよ。ご心配なく」

貴保子の好意が有り難かった。義父の容態が分からない上、激しく動揺している義母のところに景太郎を一緒に連れていくのはためらわれたのだ。

コートとバッグをひっ摑み、もう一度礼を言って、貴保子の家を出る。道を走りながら、そうだ、杏一の携帯にもう一度電話をしておこう、と思った。先ほどメッセージを吹き込んでおいたが、あまりに慌てていて要領を得なかった。もう一度きちんと状況を伝えておかなくては。

それにしても、どうしてこんなことになるのだろう？　義父が怪我をするなんて。日曜日は景太郎の誕生日だというのに。予定を全てキャンセルして、義母を励まし、義父の世話をすることになるかもしれない。

「本当にどうして」

呟《つぶや》いた声が悲鳴に変わってしまいそうで、ゆかりは慌ててバッグに手を突っ込んだ。喉飴を探り当て、包み紙を剝く。


ゆかりの姿が見えなくなっても、景太郎は泣き出すこともぐずることもなく、機嫌良く遊び続けた。寿司屋が届けてくれたのり巻きを平らげ、貴保子が誘うと喜んで一緒に風呂にも入った。布団を敷いてやり、うろ覚えのイソップ童話などを話してやっているうちに、景太郎は寝息を立て始めた。

「手のかからない子」貴保子は景太郎の寝顔を見ながら呟く。

娘の美歩もこうだったらどれほど助かっただろう。よその家に預けても、機嫌良く遊んでいてくれたなら……。

美歩は幼稚園に上がってからも貴保子の後を追って離れず、よその家に預けて貴保子が一人で外出することは、とてもではないができなかった。寝かしつけるのはもちろん、風呂に入れるのも、トイレの世話も貴保子以外の人間を受け付けず、それほど自分が必要とされていると思えば嬉しい気もしないではなかったが、かなり負担だったことも事実だ。が、それも仕方がないと諦《あきら》めていた面もある。表面上は円満そのものに見えたとしても、準彌と貴保子の間にはうそ寒いものが流れていたし、少なくとも貴保子の側には夫に対する信頼感は少しも残っていなかった。幼い娘が敏感にそれを察知し、不安に思い、母親にべったりくっついていたとしても無理はなかった。

「でも……」貴保子はまた景太郎の寝顔を見る。「この子も同じなんだわ」

貴保子にしてみれば羨《うらや》ましいほど手のかからない景太郎だが、不安なのはかつての美歩と同じだろう。両親の間に何かよからぬ空気が流れているのは、察知しているに違いない。父親が母親を裏切っているとまでは分からなくても、悲しい思いをさせているというのは、どこかで分かっているのではないか。

それにしても、あのゆかりという女性はよくできた人だ。自分を裏切っている夫の両親のために、一生懸命尽くしている。義父が救急病院に運ばれたと聞いて、とる物もとりあえず駆けつけて行くのだから……。なんて健気《けなげ》な人だろう。あるいはお人好しなだけなのか……。

ゆかりを見ていると、昔の自分の姿がだぶって哀しくなる。と、同時に腹も立ってくる。あんなふうだから、夫をつけあがらせるのだ。ときには、毅然《きぜん》とした態度で立ち向かわなければならないこともある。けれど、それがどんなに難しいことかもよく分かっている。夫を許せないと思いながらも、子供のために我慢しなければと考えて、思い切った行動がとれないのは何もゆかりに限ったことではない。事実、私も我慢した。リビングルームのソファでひたすら刺繍針を動かしながら、何とか家庭を維持してきたのだ。ずっと、長いあいだ。

景太郎に毛布をかけてやってから、貴保子は立ち上がった。リビングルームに戻り、壁に掛けてある葡萄畑の刺繍に目をやる。久しぶりに針を持ちたくなった。当時のように、一心に刺してみたい。

戸棚から裁縫箱を取り出す。ピンクッションに一本だけ針が刺してある。貴保子はいとおしげに針を手に取る。ついこの間、景太郎の指から棘を抜き取るときに使ったものだ。針を使えば、あんな棘くらいなんでもない。景太郎もほとんど痛がらなかったし、傷にもならなかった。青ざめた顔で見ていたゆかりだけが滑稽だった。

裁縫箱の中には刺繍に打ち込んでいた頃に集めた図案集や布、糸も残っている。貴保子が手に取るのは赤や緑の糸がほとんどだったが、陰影をつけるときのために他の色も揃えてあった。どれにしようか。貴保子は一度目をつぶった。瞼《まぶた》の裏に色が弾《はじ》ける。その中で心を捉える色を探す。ぱっと目を開き、迷うことなく山吹色の糸を選んだ。針に通し、きゅっと糸をしごく。

ああ、この感覚。ぴんと張った糸が指の腹に残す、小気味良い勒《つよ》さ。貴保子はうっすらと微笑む。布に図案は描かない。何を刺すか、決めてもいない。心の赴くまま、気ままに刺してみようと思った。

ぷつん。針を刺す。その瞬間、思い出した。針は布に刺したかったんじゃない。準彌に刺してやりたかったのだ。私の気持ちなど少しも斟酌《しんしゃく》せずに、いつも高《たか》いびきで眠っていたあの人に。針があの人の血流に乗って、心臓を突き刺してくれたら、どんなにすっとしたことだろう。

これまで刺繍針を握ったときはいつも、貴保子は胸の内で憎しみをこね回してきた。いつか、やってやる。いつか。娘の美歩が一人立ちしたら、きっと。

なのに準彌は、美歩が結婚した半年後、脳卒中で逝ってしまった。あまりにも急な、貴保子にしてみれば不意打ちのような死だった。

準彌の死後、抜け殻のようになった貴保子を心配して美歩がしばらく側についていてくれた。

「お母さん、元気を出して」美歩は貴保子の手を握って励ました。

大丈夫よ、と応じながら貴保子は葡萄畑の刺繍を見つめ続けた。

どうして、どうして死んでしまったの？　これから、というときだったのに。これから私の復讐が始まるはずだったのに。

ぷつん、ぷつん。針を刺す。山吹色の糸はまっすぐな線を描いていく。手を休めずに続ける。光の加減で山吹色の糸は、金色に輝く。短い直線が幾つも重なり、夏の夜を飾る花火のようだ。充分に刺したと判断したところで、貴保子は糸を替えた。今度は銀色の糸。ぷつん。ぷつん。銀色の線が散らばる。金色と銀色の直線が重なり合い、弾き合い、美しい模様を描き出している。布の上に広がるのは、針の乱舞。

いつも貴保子の心の中にあったのは、針だった。針がいつも踊っていた。女のアパートの廊下に撒き散らした針の束。眠っている準彌に刺してやりたいと思い続けた針。

「だけど……」ふいに貴保子は顔を上げる。「この針じゃ、無理ね」

こんなに細い針を刺したところで致命傷になどなりはしない。いかに酔って眠っていようと、刺した途端に準彌が目を覚ましてしまうかもしれない。大声で怒鳴りつけられるだけですめばいいが、お前は何をする気だと、殴られる可能性だってある。ひどい目に遭うのは貴保子のほうかもしれないのだ。か細い針に頼ろうとした、自分の馬鹿さ加減に苦笑した。

確実に致命傷を負わせられるようなもっと強く、大きな針でなくては。

今まで使っていた糸と針を丁寧に裁縫箱にしまうと、貴保子は立ち上がり、キッチンに向かった。

「大きな針、大きな針」

歌うように呟きながら、戸棚や流し台の引き出しを開け閉めする。ホームパーティの準備でもしているような、気ぜわしく、同時にどこか浮き立つような気分だった。

インターフォンが鳴った。声を聞かなくても分かる。性急な鳴らし方は、酔ったときの準彌の癖だ。

貴保子は弾んだ足どりで玄関に向かう。玄関脇の鏡で自分の顔を見る。頬がほんのり火照《ほて》っている。口紅ははげかけているが、眉はきれいなカーブを描いているし、瞳は熱っぽく輝いている。悪くない、と貴保子は自分自身に合格点を与える。どんなときでもきみは品がいいと、準彌が言ってくれた通りの顔をしている。

ドアを開けた。

「佐々木です。こちらに景太郎がお世話になっていると、家内から連絡が……」

貴保子は微笑みを浮かべたまま、右手を思いきり伸ばした。キッチンの引き出しで見つけたアイスピックが握られている。佐々木杏一はうっと呻き、目を見開いたまま、貴保子に倒れかかる。貴保子は彼の重みに耐えきれず、玄関に腰をついた。

「ああ、いやだ。重たい」

貴保子は一人ごち、思いきり力を入れて杏一の体を押しやった。

脱げてしまったスリッパをきちんと履き直す。廊下をぱたぱたと小走りに行き、リビングルームのソファに座る。刺しかけの刺繍を手に取る。刺繍が途中になっていると、どうにも気になって仕方がない。白い布が血で汚れる。貴保子は驚いて目を見張る。この色、と思った。金糸と銀糸が入り交じり、弾けるような模様の中に、鮮やかな赤はよく似合う。良いものが出来上がりそうだと、貴保子は満足げな笑みを漏らした。

シンデレラのお城　加納朋子

（かのう・ともこ）

一九六六年、福岡県生まれ。文教大学女子短期大学部卒業。九二年『ななつのこ』で、第三回鮎川哲也賞を受賞し、作家デビュー。九五年には『ガラスの麒麟』で第四八回日本推理作家協会賞を受賞した。主な著書に『沙羅は和子の名を呼ぶ』『ささらさや』『螺旋階段のアリス』『虹の家のアリス』他、多数。

1

気がついたら、独りでいることに何の恐怖心も不都合も感じない自分がいた。

趣味の旅行も独りで行く。気に入った絵葉書に自分宛のメッセージを書き、目についた郵便ポストに投函する。渋い焼き物や塗りの箸《はし》や手染めのハンカチや、何かそういうちょっとしたお土産《みやげ》を、自分のために買う。土地の料理を肴《さかな》に、お酒を少しだけ呑《の》む。酔うためでも憂《う》さを晴らすためでもない、自分が楽しくなるためのお酒を、ゆっくりと、味わって呑む。それからお風呂に浸《つ》かって、幸せなため息をつく。

自宅で過ごす週末も、悪くない。午前中を寝て過ごす贅沢《ぜいたく》も、家中をぴかぴかに磨き上げる快感も、気分次第で選ぶことができる。グラス一杯のワインを片手にビデオを観て過ごしたり、ココアに息を吹きかけながら好きな作家の本を読んでみたり、時間はすべて、自分一人のものだ。気が向けば、山ほどの食材を買いに行き、料理を作る。その日に食べきれなかった分はフリージングして、仕事で遅くなった日の夜食になる。ロールキャベツもハンバーグも餃子《ぎょうざ》も、手作りのほうが断然美味《おい》しいし、冷凍しても味はさほど落ちない。もちろん、お気に入りの店で外食もする。美味しくて、安くて、独りでも気兼ねなく入れる店を何軒か見つけてある。

侘《わ》びしいとか、寂《さび》しいとか、思ったことは一度もない。人間嫌いというわけでもない。数は多くないけれど友達はいるし、恋人も、そのときどきでいたりいなかったりしている。仕事には一貫してやりがいを感じている。一日一日を、満足して生きている。

決して人生を投げているわけじゃない。ただ、独りでいるほうが気楽で、幸せでいられる自分を知っているだけだ。

「――なのにね」と私は唇を尖《とが》らせてミノさんに言った。そんな表情は三十も半ばの女には似合わないと気づき、にやっと笑って誤魔化《ごまか》した。「なんか世間って、いい年をした独身女には厳しいって言うか、冷たいんですよね。『どうして結婚しないの』なんて大きなお世話なことを聞いてきて、こっちが『別にしたくないから』って答えたら、『ああ、したくても結婚してくれる相手がいないのね』って……」

「面と向かってそんなことを言われるんですか?」

ミノさんはいつもの穏やかな表情のまま、わずかに首をかしげた。私はそっと首を振り、「言ったも同然の顔つきをするわけです。憐《あわ》れむと言うか、嘲笑《あざわら》うと言うか、まあそういう目つきをするわけですよ。それから優しく優しく言うわけです。『あなたは理想が高いからねえ』なんて、私の理想なんて知らないくせに。まったく業腹《ごうはら》じゃないですか」

何がおかしいのかミノさんはくすりと笑い、そして言った。

「世間は、いい年をした独身男にも優しくはないですよ」

「ちなみにおいくつでしたっけ」

「お蔭様で、来年には四十になります」おっとりと、ミノさんは言った。「取引先の偉いさんだの上司だのからは半人前扱いされるし、身体に欠陥があるんじゃないかと疑われたり、あいつはゲイなんだよと陰口を叩かれたりね。まあ他人が言う分には大きなお世話ですみますが、問題は身内ですよね。親や親戚からはいい加減身を固めろと言われ続けている。彼らこそいい加減、諦《あきら》めればいいのにね」

「確かに身内の攻撃がいちばんキツイですよね」私はしみじみとうなずいた。「ついこないだも母親から電話で、さんざかき口説《くど》かれましたよ。あんたの花嫁姿を見るまでは、死んでも死にきれないわって」

「それじゃ、お母さんに長生きして欲しいから結婚しないのよって」

　ミノさんの言葉に、私は膝を打った。

「そう、それ、まさに同じことを言いました。そしたら……」

「そしたら？」

「マジで泣かれて、参りました」はあ、とため息が漏れてくる。「さっきのお話にちらりと出てきましたが、お知り合いで性格の良いゲイの方、いらっしゃいません？」

「また話が飛びますね。特に心当たりはないですが、なぜ？」

「まあ残念。同じ悩みをお持ちのゲイの方となら、偽装結婚もありかな、と思っているんですよ、実は」

「偽装、結婚」

　ミノさんは虚《きょ》を衝《つ》かれたように、軽く瞬《まばた》きをした。

「道義上、問題があると思われます？　私としては、不細工だ不美人だと不当に苛《いじ》められ続けた女が美容整形するようなものだと思うんですが。私的には、ダイエットや何かの延長線上なんです。きれいじゃない、とか太っている、とかと同じくらい、独身でいることは別に当人の落ち度じゃないでしょ。ブスだと言われることに耐えられなければ、整形するしかない。結婚できないと蔑《さげす》まれることに耐えられなければ、結婚するしかない。そういうことです」

「それで偽装結婚、と」

「ええ。完全相互不干渉の共同生活です。世間や親が求めているのは単なる形式なんですから。寿司屋のケースに飾ってある伊勢エビみたいなもので、たとえその中身がなくたって傍目《はため》にはわかりゃしませんよ」

「注文されたらどうするんです？」

「これは飾りですと開き直ればいいんです」

「面白いですねえ」

「伊勢エビが？」

「いえ、両方」ミノさんはやけに浮き浮きした口調になっていた。「スズさん、その話、本当に本気ですか？」

「ううん」真面目に問われて私はうなった。「まあ、そんなおあつらえ向きの相手が見つかるかどうかですよね。主要な目的が親を安心させることである以上は、世間的に通りのいい職業で、それなりに稼いでいる必要がありますし。といって先方の親御さんから、あまり〈嫁の務め〉を要求されるようじゃ、かないませんし。孫はまだか、なんて言われた日にはねえ……。ある意味、まっとうな結婚相手を見つけるよりよっぽどむずかしいかもしれません」

「――それ、この僕ではどうでしょう？」

突然言われ、私は「はあ？」と大仰に首をかしげた。

「僕の勤め先はA商事ですから、世間的な通りでは問題ないでしょう？　ぼんくらのふぬけた社員ですが、そんなことは言わなきゃわからないことですし。父親はすでに亡くなっていて、母はその遺産でわりと優雅な暮らしをしています。家事がおっくうになってきたら、家を売っぱらって友達と高級ホームに入るんだそうです。親戚付き合いはごく浅いものだし、子供に関してはそうですねえ、検査の結果僕のほうに問題があったということにしておけば、あなたは何も言われませんよ」

「あのう」遠慮しいしい、私は聞いた。「あなたはゲイでいらしたんですか？」

「いえ、違います」

「では」駄目ですよ、と続けかけたが、ほぼ同時にミノさんが「でも」と力強く言った。「あなたが心配なさっているようなことには絶対なりませんから、大丈夫ですよ」

たぶん、私は傷つけられた表情をしたのだろう。ミノさんはさっと先回りして言った。

「誤解しないでください。あなたはとても魅力的な女性ですよ。ただ、私には既《すで》に同居している女性がいて、だから私の提案は彼女も含めた三人での共同生活はどうだろう、ということなのですが」

私は少し呆れ、そしてふくれた。

「そんな人がいるんでしたら」私はわざと冷たく言った。「何もわざわざ私と偽装結婚なんてしなくても、その方と結婚なさったらいいじゃない」

「それができないんです」ミノさんは哀しげにうつむいた。「彼女は十年前に、事故で亡くなりましたから」

返事に困る、とはこういうことなのだろう。

しばらく経《た》ってから、私は口を開いた。

「でもさっき、その方と同居しているって言いませんでした？」

「はい、言いました」

「亡くなっているのに？」

「ええ」

「それって、幽霊ってこと？　あなたには見えるんですか？」

「幽霊かどうかはわかりませんし、私にも見えません……少なくとも、はっきりとは。けれどわかるんです。彼女が何をしているか、どんな表情を浮かべているか……彼女はまるで専業主婦みたいに、家で私の帰りを待っている……毎日、毎日、いつだって。生きていればきっとそうしていたようにね。私たちは婚約していましたから」

私はまた、返す言葉を失っていた。

ミノさんのことをよく知っているとはとうてい言えない。A商事に勤めていることだって、今初めて知った。近所に住んでいて、行動範囲や生活時間が似ているのか、色々なところで顔を合わせるようになって、だから今夜みたいに居酒屋でばったり出会ったときなどは、同じテーブルで話をしたりもする。もちろん勘定は別々。それだけの関係だ。

けれど、そんな淡い付き合いでもわかることはある。ミノさんはごくまっとうな常識人で、穏やかで優しい人だ。どちらかというと不器用で、たちの悪い冗談を言ったり、心ない悪戯《いたずら》を仕掛けたりする人ではない。

だからその時私には、彼が本当に本気で、真面目にそう言っているのだとわかった。わかったから、当惑してしまった。

「……もしかして僕は、せっかくできた異性の友人を無くしてしまったのかな」

しばらく経ってから、ぽつりとミノさんが言った。その途端、私の中でストッパーになっていた重しが、なぜかあっさりと砕けて消えた。

「いいえ、まさか」私は強く首を振った。「さっきのお話、前向きに検討してみましょうか?」

2

検討は前向きかつ建設的に行なわれ、数カ月後、私たちは晴れて偽物《にせもの》の夫婦となった。

ほんの形ばかりに開いた祝いの席では、私の両親も、彼のお母さんも、感極まって泣いていた。双方共に「こんな良いお相手が見つかって、待った甲斐《かい》がありました」とどうやら本気で喜んでいる。だから私たちは、きっと良いことをしたのだろう。

もちろん、写真入りの〈結婚しました〉葉書を発注し、あらゆる知人に送りつけておいた。さっそく大学時代の友人や職場を結婚退職した同期だのから反応があり、「あんな素敵な人とどうやって知り合ったのよ」と根掘り葉掘り聞かれた。実はミノさんはなかなかの男前なのである。私は虚実を適当に織り交ぜて答え、「彼ってば忙しい商社マンだから、なかなか長期休暇がとれなくって、新婚旅行はしばらくお預けなのよね」などと聞かれないことまでよくしゃべった。何しろことあるごとに、「早くおめでたい報《しら》せをちょうだいな」なんて言っていた連中なのである。これで胸がすっとするのだから、私もかなりな見栄《みえ》張りだ。

私が常に感じていた――やや被害妄想的な言い回しをさせてもらえば、否応なく感じさせられてきた、密かな劣等感や屈辱は、紙切れ一枚の力によって雲散霧消《うんさんむしょう》してしまった。たかだか婚姻届一枚で誰かを手に入れられると考えている人間が、こんなにも多いという現実が、私には滑稽《こっけい》で、そして不思議でならない。もちろん、結婚そのものを偽装しようなんて考える私だって相当、滑稽なのだけれど。

肝心の〈新婚生活〉のほうは、なかなかに快適だった。私たちはあらかじめ取り決めた通りに、家賃や光熱費を出し合い、基本的な家事については交代制にした。と言っても料理や洗濯は各自の仕事だから、共有スペースの掃除や消耗品の購入が主な家事労働になる。二人ともきれい好きでまめな性格だったから、家の中は常に清潔で居心地が良かった。週末の食事などは気が向けば二人分作ったし、二人で行きつけの店に行くこともあった。端から見れば仲の良い新婚夫婦そのものだろう。前より広い住居に住んでいるのに、生活費はぐっと安くなった。共稼ぎ家庭のメリットである。

気を遣うのは入浴で、毎日、浴室を使ったあとでいちいち排水し、湯船だの排水溝だのを丁寧《ていねい》に洗うのが、面倒といえば面倒だった。ただ、この習慣は長くは続かなかった。風呂の共有に生理的嫌悪感を感じるようでは、もとより共同生活なんてできやしない。いつの間にか、同じお湯に続けて入るようになっていた。彼のあとに入っても、お湯には髪の毛一本浮いていなかったし、洗い場や鏡の水しぶきはいつも丁寧に拭《ぬぐ》われていた。

ミノさんのこの種の気遣いは随所に見られた。たとえば彼が一人で音楽を聴いているときに私が帰宅すると、すっとボリュームが小さくなったり、なんてことはしょっちゅうで、「そこまで気を遣わなくていいのよ」と言っても、「当然のマナーだよ」と取り合わなかった。さらに穏やかな笑みを浮かべて付け加えるのだ。

「スズさんは普通にしていていいんだよ。こっちは二人なんだから、君の倍、気を遣う必要があるんだ」

そして私はまた、何と答えたものやら困ってしまう。

彼のお母さんは、息子のこの奇妙な発言を何度も耳にしていて、ひどく気に病んでいたらしい。一度、私がその事実を知っているかどうか、遠回しに聞かれたことがある。もちろん私は、何のことだかわからないというふりをした。そして、息子さんを尊敬しているということ、息子さんと出会えて良かったと思っていることを、さりげなく伝えた。こちらについてはまごうかたなき本心と言える。でなければ、共同生活なんてできないし、する気にもなれなかっただろう。

お義母《かあ》さんはこの上ない安堵の表情を浮かべて、息子があなたと結婚してくれて本当に良かったと言った。いえね、少し不安定な時期があったのよ。ほら、仕事とか、人間関係とか、特に男の人は色々あるでしょう？　もちろん、あなたと出会う前までの話よ。でももう大丈夫。あなたのおかげね……。

おそらく嫁たる私は、一人息子を危うい場所から引き戻した恩人と見做《みな》されたのだろう。元々好意的であった以前にも増して、細やかな情愛を示してくれるようになった。なるほど、この人を安心させたくて、ミノさんは私と結婚したのだ。それはあくまでも偽《いつわ》りのものに過ぎないのだけれど。でもお義母さんはこうして、無邪気に心から喜んでくれている。彼女がとてもいい人であるだけに、後ろめたさ、きまりの悪さがいつも、ぺとりと私に貼り付いてくる。ミノさんは平気なのだろうか。ただ、単純に満足しているようにも見える。

本当のところ、ミノさんがその存在を私に打ち明けてからずっと、〈瑞樹《みずき》〉は私たちと共に存在し続けていた。私たちの新居には常に彼女がいて、ときにハミングしたり、笑ったり、彼をそっと手招きしたりしていた。

たとえばある休日の夜、私が多めに作ったおでんを二人で食べていると、ふいに彼が言い出すのだ。

「スズさん、申し訳ないけれど、テレビのチャンネルを替えてもいいですか?」

「あら、この時間、他に見たいものがあったの?」

日曜のその時間には、当たり障りのないバラエティ番組を見るのが習慣だった。特に好きだからというわけではなく、ただ漫然と、食事のBGMとしてそこに映し出されていたに過ぎないのだが。

ミノさんは恐縮したように頭を掻いた。

「すみません、瑞樹がNHKの動物特集を見たいと言っているものですから。彼女、ペンギンが大好きなんですよ。いや、もしこの番組を見たいんでしたら、スズさんの部屋のテレビを貸してもらえたら、瑞樹も一人で見ると言っています」

リビングに置いてあるのは、ミノさんが持ってきた大型のテレビだ。それまで私が持っていたほうは、自室に置いてある。好きなドラマを見たり、借りてきたビデオを見たりするのはもっぱらそっちのほうだ。

誰もいない部屋で、ぼうっと白い光を放つテレビを、私は思った。そこに映し出される、雪と氷の世界。数千、数万のペンギンたち。

少し、頭がくらくらした。それでも私は言った。

「いいわよ、どうぞ。どうせ、そんなに真剣に見ていたわけじゃないから」

ミノさんはにっこり笑ってありがとうと言い、リモコンを取り上げた。画面には水の中を泳ぐペンギンが映し出されたが、ミノさんはそちらへは目もくれず、皿の中のはんぺんを箸で几帳面な四角に分割していた。

「……瑞樹さんは……」テレビの画面を目で追いながら、私は小声で尋ねた。「喜んでいますか？」

彼女のことを、自分から口にしたのは初めてだった。

「ええ」ミノさんは愛想良く相づちを打った。「テレビの真ん前で、子供みたいに膝を抱えて坐っています」

愛しげに目を細めている。気味が悪いと思うには、あまりにも温かく、優しい目だ。私は彼の視線の先の、何もない空間を見つめ「そう」とつぶやく。「良かったわね」と付け加えるほど、私は親切でも偽善者でもない。

この状況をどうたとえればいいのだろう。

客観的には、テレビゲームに没頭する恋人を憮然《ぶぜん》と眺める彼女だとか、妻をほったらかしてパソコンのチャットに夢中になっている夫なんていう図式が浮かぶ。これは妻や彼女にしてみれば不快極まりない事態なのだろうが、私は妻でも彼女でもない。あらかじめ承知してて、なおかつ自分で選び取った道なのだから、せいぜいが困惑するくらいだ。そして妻でも彼女でもない私が、困惑の次に抱く感情は嫉妬や疎外感などではない。

そう、私は次第に好奇心を抑えきれなくなっていた。ミノさんはどんなふうにして〈瑞樹〉を見るようになったのか。〈瑞樹〉とはどんな女性だったのか。

いつの間にか、以前のように旅行に行ったり映画を観たりといったことに、さほど熱心ではなくなっていた。ただ、〈瑞樹〉に対する興味だけが、日ごとに増大していくのだった。

3

かつて、彼女は婚約者であるミノさんのことを、〈モンタ〉と呼んでいたそうだ。そのいわれについてはわざわざ説明されるまでもない。彼の姓は三野と書いてミノと読むのだが、私は実際に結婚を決めるまでそんなことも知らなかった。蓑とか美濃と書くのだろうか、あるいは稔という名のミノかも、とでも考えていたのだろう。いや、結局のところ、何も考えていなかったのかもしれない。私たちが出会ったどこかの店で、他の人が「ミノさん」と呼びかけるのを聞き、そのまま機械的に呼びかけていたに過ぎない。

ついでに言えば彼の私に対する呼びかけは、鈴子《すずこ》という名前からきているのだが、ミノさんにとっては鈴木だろうが寿々子だろうが、さしたる違いはなかっただろう。私たちにとって互いの呼び名は、なければ不便だといった程度のものでしかない。

冷静に考えて、私たちの偽装結婚はいかにも無謀であり短慮そのものであり、到底うまく行くはずのないものであった。なのに客観的に見て、私たちの共同生活はこの上なくうまくいっている。

〈瑞樹〉というプラスアルファの存在もひっくるめた上で。

かつて、と私は言ったが、今でも瑞樹はミノさんのことを〈モンタ〉と呼びかけているのだと言う。そう言ったのはむろんミノさん自身で、彼女のことは聞けば何でも答えてくれるのであった。

写真も見せてもらった。ショートヘアの、まるで少年のように涼《すず》しい目をした女の子だった。その目を見て、そしてきれいな歯並びの口許を見たとき、「モーンタ」と呼びかける悪戯っぽい声が聞こえたような気がした。

　事実、ミノさんには聞こえていたのかもしれない。「え？」と首を傾《かたむ》けてあらぬ方向を向いていたかと思うと軽くうなずき、いきなりこちらに向き直って言った。

「瑞樹が、あなたの写真も見せてもらえないかと言っています。海外にも行かれたんでしょう？　瑞樹は一度も日本から出たことがないものですから、海外旅行のときの写真が見たいんだそうです」そう、瑞樹の意思を代弁してから、一拍置いて付け加える。「でも、もし気が進まないのでしたら……」

　いちいちそんな気を遣わなくてもいいのに、と私はもどかしいような苛立たしいような気持ちになる。

「あら、そんなことないわ。ぜひ見てくださいな」

　にっこり笑って私は立ち上がり、自室に戻った。整理をすませたアルバムを取り出し、ぱらぱらとめくる。せっせとヨーロッパやハワイに行ったのは二十代の前半までのことで、その頃は常に会社の同期や大学時代の友人と一緒だった。友達に写してもらった私の姿は、先ほど見せられた瑞樹の写真と比べても充分に若くてきれいだった。それでも私は、あまり写りの良くないと思われる数枚を素早く台紙から剝《は》がし取り、机の引き出しにしまった。

　私が持っていったアルバムを、ミノさんは熱心に眺めた。その彼に頭をこすり合わせるようにして、アルバムを覗き込む瑞樹の姿が、一瞬見えたような気がした。

ミノさんが見開き一杯に貼られた写真を見るペースと、彼がページをめくるスピードとは、微妙にずれていた。視線はとうに終《しま》いまでいっているのに、なかなかめくらなかったり、半分ほどしか見ていないと思われるのにさっさとめくったり、それはやはり傍らに誰かがいて、「もうめくって」とか「もう少し待って」などと、言っているのかもしれなかった。

とあるページまで行くと、ミノさんがめくる手はすっかり止まってしまった。

「……お城だ、と喜んでいます」

ミノさんが静かに説明する。私はうん、とうなずいた。

「ロマンティック街道の旅っていうツアーで行った時のよ」新聞広告なんかによくある類のものである。「ほんとはあちこちに建っているんだけど、良く撮れたお城の写真だけ、ここに集めて貼ったの」

雲形に切った桃色の紙に、〈お城特集〉と書いて一緒に貼ってある。

この当時は、アルバム整理にも気合いが入っていた。あちこちに若い女の子らしいコメントが入っているのが、今となっては少々気恥ずかしい。

「これが一番気に入ったとか」

ミノさんは一枚を指差した。

「それはノイシュヴァーンシュタイン城。とても有名なお城よ」

ディズニーランドにあるシンデレラ城のモデルとして知られるように、いかにも西洋のお城といった優雅なフォルムの建物だ。そうミノさんに（瑞樹に？）説明したら、ワンテンポ置いてミノさんが言った。

「見に行きたいそうです」

「ノイシュヴァーンシュタイン城を？」

「いや、いくらなんでもそれは無理だから、ディズニーランドのほうを。シンデレラ城って、中には入れるんですか？」

「それは、入れるけど、きっと想像とは違うんじゃ……なあに、ひょっとして今までディズニーランドに行ったことがないの？」

「二人共ね」苦笑めいた笑顔を浮かべてから、ミノさんは言った。「だから連れて行ってくれと言っています」

「連れてって……だって、外に出られるの？」

以前ミノさんは、瑞樹と一緒に外出することはできないのだと言っていた。

「出られる、と言っています。もし、スズさんも一緒に行ってくれるなら。二人の間に挟まって、なんとか行ける、と言っています」

「挟まるって……」

笑ったらいいのか、真面目に受け止めるべきなのか、自分でもわからない。

「せっかくの休日をこんなことで潰《つぶ》すのはご迷惑ですよね。やっぱり諦めさせます」

きっぱりとミノさんは言い、私は慌てた。

「迷惑なんてことはないですよ。いいですよ、行きましょう……三人で」

瑞樹が言い出しっぺで、ミノさんが遠慮し、私がゴーサインを出す。

私とミノさんの関係というものも、ひとつのパターンに陥《おちい》りつつあるような気がする。

次の日曜日、ディズニーランド行きは呆気《あっけ》なく実現した。

この場所には〈非日常〉を味わわせてくれるという点で、海外旅行とよく似た効能がある。毎年のように行っていた時期もあった。かれこれ十年近く前の話である。

しばらくぶりに足を踏み入れてみて、人の多さに驚いた。昔だって決して空《す》いてはいなかったけれど、これほどではなかった。あまりの人口密度の高さに、ミノさんもちょっとたじろいだ風だった。瑞樹だけはきっと一人元気よく、スキップでもしているのだろう。

「あの……」遠慮がちに、ミノさんが言った。「瑞樹が『走ろう』と言っています。早くお城のところへ行こうって」

「走るって……でも」

仕方なく小走りになったものの、およそ、いい年をした男女のすることではない。けれどゲートを通過するやいなやダッシュしている人もけっこういて、後で知ったがそういう人たちはプーさんのハニーハントが目的なのだった。

ようやく城の真下に辿《たど》り着き、息を整《ととの》えているとミノさんが「おまえなあ」と苦笑した。

「瑞樹が、城が見えないと文句を言っています」

それはそうだ。ディズニーランドで唯一、シンデレラ城が見えない場所には違いない。

それでそのまま真っ直ぐすすみ、空飛ぶダンボの脇を通り抜けた。そこでミノさんがちらりとこちらを見たので、先に言ってあげた。

「どこか入りたいところがあるんですか？」

「実は、お化け屋敷に入りたいと言っているんです」

ちょうど少し先には、ホーンテッドマンションが見える。

二人顔を見合わせて、吹き出してしまった。

お化け屋敷に入りたがる幽霊。これはホラーを通り越して、もはやコメディだ。

「すみません、我《わ》が儘《まま》ばっかり言って。スズさんが入ってみたいところがあったら、どんどん言ってください」

列に並びながら、ミノさんはすまなそうに言う。私は笑って首を振った。

「いいですよ、私は。何度も来ているし」

新しくできたアトラクションになら入ってみたいけれど、延々と続く長蛇の列を目の当たりにしてしまうとその気も萎える。

「けっこう楽しいし。結婚してから初めてですね。こうして……」二人で、という言葉を呑み込んでから私は続けた。「出かけるのは」

「そうですね。これからも、ちょくちょく出かけましょう」

三人で、という言葉を省いて、ミノさんが答えた。

行儀良く並んでいる人の群れを、私はぼんやりと眺めた。傍目にはきっと、私たちは落ち着いた夫婦者と映るんだろうにな、と思う。

「シンデレラ城が見えますね」

振り返って、私にと言うよりはたぶん瑞樹に向かって、ミノさんが言った。瑞樹は「きれい」と叫んだに違いなかった。

確かにきれいでよくできていてディズニーランドのシンボルだけど。でも、本物のノイシュヴァーンシュタイン城に比べたら、まるで子供の玩具なんだから。しょせん、偽物のお城なんだから。

なぜかそんな意地悪なことを考え、そしてふいに思い出した。

私とミノさんの結婚だって、真っ赤な嘘の偽物なのだ。

ようやく私たちの順番が回ってきて、私とミノさんはドゥームバギーと呼ばれる二人乗りのシートに乗り込んだ。

「ここはこの椅子が勝手に動いてくれるから、シンデレラ城のミステリーツアーと違って楽ちんだわ」

乗り込むなり、私はそんなおばさん臭いことを言っていた。

「そのミステリーツアーもぜひ行ってみたいってさ。怖いの？」

「ここと一緒で、ちっとも怖くありません。小さい子供が泣いているのは見たことあるけど。仕掛けが怖いって言うよりむしろ、暗闇とか大きな音とかに驚いちゃうのよね」

「確かに怖くないね」ミノさんが笑った。「約一名、顔が引きつっている人がいるけど」

瑞樹のことを言っているのなら、たぶんそれは本気で怖がっているわけではないと思う。彼女はこれからどんなことが起こるか期待し、積極的に怖がろうと身構えているのだ。十年前の私が同じ場所で、そんな表情を見せたであろう顔で。

そこまで考えて、はっとした。

いつの間にか、瑞樹が二人の間にいることを前提にしている。彼女のことを理解しているつもりの、私がいる。

たぶん、私までが少し、ヘンになりかけているのだろう。

その自覚はしばらく前からあって、だからそれは何となく予期していたことでもあった。

ラスト近く、バギーは巨大な鏡と向き合ってわずかに静止する。二人しか乗っていないはずの乗り物に、三人目の幽霊が……という趣向の仕掛けだ。

けれどその時トリックミラーに写っていたのは、ホーンテッドマンションの住人ではなく、ショートヘアの若い女の子の姿だった。

4

それから一年が過ぎた頃、私は家の中の空気が微妙に変化したことに気づいた。

仕事を終えて帰宅すると、ドアを開けた瞬間、家の中からふわりと流れ出すかすかな匂いに、まず違和感を覚えた。ほのかに甘く、遠い記憶を刺激する香り……。

けれどそれが何なのか、私にはわからなかった……その時は、まだ。そして軽く首を一振りすると、その香りは冬の吐息のように呆気なく散り消えてしまった。

同じ匂いを、たとえばバスルームに入る瞬間にも嗅《か》いだし、もっと別な、酸《す》っぱいような——

敢えて分類すれば悪臭の部類に入るのだろうが、なぜかさほど不快には感じない——匂いも嗅いだ。極めつけは、真夜中にかすかな声で目覚めたことだった。

まるで仔猫のようなその声は、私が身を起こすと同時にすっと消えた。私はそのままの姿勢でしばらく考え、それから傍らのローブを羽織《はお》った。

ミノさんの部屋のドアを、そっとノックした。果たして彼は起きていて、すぐさま応答があった。

ドアを開けると、ベッドの端に腰を下ろしたミノさんがいた。低い声で、私は聞いた。

「今……赤ちゃんが泣いていた？」

ミノさんは誇らしげにうなずいて言った。

「やっぱり気づいていた？　瑞樹が子供を産んだんだよ。だから最近は寝不足でね……スズさんまで起こしてしまって、悪いね」

「ううん、それはかまわないけど」一拍置いて、私は続ける。「おめでとう」

「ありがとう」心底嬉《うれ》しげに、ミノさんは言った。「男の子でさ、貴樹《たかき》って名付けたんだ。高貴の貴に、瑞樹の樹。ああ、これじゃ、キキだな」

と言って、彼は笑った。その切ないほどに愛おしげな視線は、ベッドサイドの何もない空間に吸い込まれている。

こちらを振り向いて、ミノさんが言った。

「瑞樹が言ってる。貴樹って名前は、スズさんにとっても意味があるんだってさ。それがどんな意味なんだか、いくら聞いても言わないんだけどね」

そう言いながらミノさんは見えないベビーベッドを覗き込み、見えない赤ん坊をあやしている。その傍らにはたぶん、聖母マリアの微笑を浮かべた瑞樹がいる。

ふいに心臓が、きゅっと苦しくなった。

確かに、貴樹という名には、憶えがあった。けれどそれが誰なのか、どうしても思い出せなかった。

翌朝、ひどく頭痛がした。心配するミノさんを送り出し、食欲がないままにトーストとコーヒーの簡単な朝食を摂った。薬を服《の》んでから、ダイニングテーブルに突っ伏してこめかみを揉《も》んでいると、誰かが案じるように傍らに立つ気配があった。顔を上げたが、もちろんそこには誰もいなかった。

薬のおかげで頭痛は和《やわ》らいできたが、結局私は会社を休むことにした。無性に気になることがあった。

手早く外出の用意をして玄関を出るとき、私は振り返って誰もいない空間に向かって声をかけた。

「ちょっと出かけてくるね。大丈夫だから、心配しないで」

もちろん、答える者は誰もいない。

突然実家に顔を出したら、母親に怪訝《けげん》な顔をされた。仕事のアポイントメントがドタキャンになったから、ちょっと寄ってみたのと言うと、あからさまに安堵の表情を浮かべた。

「いきなり帰ってくるから、三野さんと喧嘩でもしたのかと思ったわ」

私は曖昧《あいまい》に笑った。喧嘩なんてするわけがない。おかしな言い方だが、喧嘩をするのにも適した距離というものがある。私たちはその、ほんのわずか外側にいる。

「大丈夫よ。ちゃんと仲良くしているわ」

私とミノさんと瑞樹と。そして、今度新たに加わった赤ん坊と。

「そんなことより、ねえ、ちょっと気になっていたことがあるんだけど」私はいきなり本題に入った。「貴樹くんのこと、覚えている？　高貴の貴に樹木の樹って書くんだけど」

そう尋ねながら、実は大して期待していなかった。だから、「覚えているわよ。吉村《よしむら》さんとこの、貴樹くんでしょ」という母親の返事に、むしろ驚いてしまった。

「吉村さんって？」

「なあに、忘れたの？　四丁目に住んでた吉村さん。貴樹くんとはあなた、幼稚園の頃から一緒で、すごく仲良しで。大きくなったら貴樹くんと結婚するんだっていつも言ってたじゃない。懐かしいわねえ、確か写真があったはずよ」

言うなり母は、物入れに向かってごそごそ探し始めた。

「……その子、今、どうしているの？」

ひどく不安な思いで聞いた。母はアルバムを探しながら、「あら、嫌ね。本当に忘れたの？」と少し責めるような口調で言った。

「ほら、あった。入学式の時のよ。二人でこんなにしっかり手をつないじゃって……」

それを見た瞬間、心臓に鉛の弾を撃ち込まれたような気がした。

その写真の中で、幼い少年と少女が笑っていた。一人は私、そしてもう一人が……。

私は唐突に立ち上がり、「ごめん、もう行く」とだけ、辛《かろ》うじてつぶやいた。きっと真っ青な顔をしていたに違いない。母の声が背中を叩いたが、もうきちんとした意味を伴っては聞こえていなかった。私は逃げるように実家を後にしていた。

今、思い出した。いや、思い出してしまった。三十年近くも経ったから、忘れていたのではない。わざと記憶から消していたのだ、きっと。

小学校低学年の頃のことだ。たぶん、二年生の秋も深まった頃。

休日だったと思う。どんよりとした、肌寒い日だった。私はいつものように、貴樹の家へお迎えに行った。いつもの公園で遊ぶために。すると玄関先に真っ赤な顔をした貴樹が母親に伴われて出てきた。

「ごめんね、鈴ちゃん。貴樹ったら風邪でお熱が出ちゃったのよ。また今度遊んでね」

貴樹のお母さんは申し訳なさそうにそう言い、それから「ああ、そうそう」と付け加えた。

「あのね、美味しいクッキーがあるのよ。少し持って帰って、おやつにしてちょうだい」

そしてスリッパを鳴らしながら、奥へ引っ込んでいった。その時私は、貴樹にこっそり耳打ちした。

「大丈夫だよ。後でこっそり抜け出しちゃいなよ。公園で待ってるから、ね」

そしていつもの公園で、クッキーを頰ばりながらブランコをこいでいると、丸々と着ぶくれた貴樹が現われた。

やがて、雨が降ってきた。二人はぐっしょり濡《ぬ》れ、貴樹の顔はますます赤くなった。じゃあねバイバイと二人は別れ……そして数日後。

貴樹が肺炎で亡くなったことを聞かされた。

もともと身体が弱くて、熱ばかり出している少年だった。それを、冷たい雨の中に引っ張り出したのは私だ。

私が、貴樹を殺したのだ……。

その思いはあまりにも辛く、重たく、胸が張り裂けそうだった。

大好きだったのに。大きくなったら結婚しようねと、何度も何度も指切りしていたのに。それなのに……。

お葬式の日、「ごめんなさい」と泣きじゃくる私に貴樹のお母さんは優しく言ってくれた。いいのよ、鈴ちゃんが悪いわけじゃないのよ、貴樹がどうしても鈴ちゃんと遊びたくて、勝手に抜け出してしまったんだから、本当に馬鹿な子ねえ……。気がつかなかった私も悪いのよ、ほんとに親子そろって馬鹿よねえ……。

そう言いながら、貴樹のお母さんも顔をくしゃくしゃにして泣いていた。

違うの、とはどうしても言えなかった。幼い身体にも、卑劣な計算は存在している。明らかに私は自己保身のため、沈黙を通し、そして一切を忘れたのだ。

なぜ、誰とも結婚する気になれなかったのか。なぜミノさんとのいびつな偽りの生活を選んだのか。今、ようやくわかった。私には結婚なんて、する資格はなかったのだ。

行き過ぎかけた老人が、私の顔を見て、ぎょっとしたように立ち竦《すく》んだ。泣きながら歩く私の姿は、さぞ無様で、不気味だったことだろう。私はタクシーを拾い、「今、ご不幸の報せを聞いたばかりで」と誤魔化《ごまか》してから行き先を告げた。ありがたいことに、運転手は同情したのか余計なおしゃべりもしなかった。

やがて車は、一軒の家の前で停まった。ミノさんの、実家だった。

突然訪ねてきた嫁の非礼を咎《とが》めるでもなく、お義母さんはむしろ心配そうに私を眺めた。簡単にメイクを直しはしたのだが、それでも泣き腫《は》らした眼は隠しようがなかったのだ。

「……何か、あったの？」

熱いお茶を淹《い》れてくれてから、優しく彼女は尋ねた。

「……瑞樹さんのことを教えていただきたくて」

やはりそのことか、というようにお義母さんはうなずいた。

「あの子には……まだ見えていたのね」

私は否定しないことで、肯定した。お義母さんは長いため息をつく。

「ごめんなさいね、もっと早く、結婚前にお話ししておくべきでした。藤沢《ふじさわ》瑞樹さんはとっても元気ではきはきしていて……そう、生き生きとしたお嬢さんでした。あの頃はうちの子も若くてね、初めてうちに瑞樹さんを連れてきた時には、親ばかかもしれないけれど、何ていいカップルなんだろうって思いましたよ。本当に眩しいくらいでね。そのうちに婚約して、二人ともとても幸せそうで……ところがその頃から、息子の仕事がめちゃくちゃに忙しくなってきてね……ちょうど責任ある立場に立たされたばかりで……上司にまたひどい人がいてね、部下との板挟みでずいぶん悩んでいたものよ。瑞樹さんともなかなか会えなくなってしまって。そして式まであと半年という時になって……信じられなかったわ。あんなに若くて生き生きしていたお嬢さんが……」

お義母さんは言葉を切り、顔を伏せた。

「……亡くなられたんですか？　なぜ？」

「貧血を起こしたんですよ。悪いことに駅の階段の上でね、倒れたとき、まともに頭を打ってしまって……後から知ったんですけど、その頃、瑞樹さんのお仕事もずいぶん忙しかったそうなんです。人間関係で悩んでいたのも息子と一緒。女性の多い職場でね、意地悪な先輩と、自分勝手な後輩の間に挟まれて、ひどく辛い思いをしていたそうよ。その上、彼女は普通の身体じゃなかったの。つまり、瑞樹さんのお腹には……」

そう言ってから、お義母さんは気遣わしげにちらりと私を見た。私は平静を装って聞いた。

「妊娠何カ月くらいだったんですか？」

「三カ月でした。ひどい悪阻《つわり》で、ほとんど物も食べられなかったそうなの。だから最悪の場所で、貧血なんか起こしてしまったの」お義母さんの眼は、潤《うる》んでいた。「どう考えても、うちの馬鹿息子がいけないんですよ。たまに会えば忙しいだの、嫌な上司の愚痴だのばかり。黙って聞いてくれる瑞樹さんに甘えていたんですよ。結婚式の準備も、ほとんど瑞樹さん一人に任せきりの状態で。それでも彼女は文句ひとつ言わなかったそうよ。妊娠のことも、うちの息子が落ち着くのを待って、わざと内緒にしてくれていたんでしょう。亡くなって初めて、そんな思いやりや気遣いに気づいたって、遅すぎますよね。自分の馬鹿さ加減を、嫌っていうほど思い知ったからあの子は……」ぽたり、とテーブルの上にお義母さんの涙が落ちた。「いつからか、あり得ない幻を見るようになってしまったんです」

知らず知らずのうちに、私はお義母さんの肩を抱くようにして言っていた。

「私にはお義母さんのお気持ちも、あの人の気持ちも、よくわかります。辛いことを聞いてしまって、本当にごめんなさい」

お義母さんは顔を上げ、ハンカチで目元を拭いながら言った。

「でもね、私は信じているの。あなたにならきっと、瑞樹さんの影を消すことができるって。今すぐには無理でも、いつかは、きっとって」

私は懸命に笑って、うなずいた。胸の奥が、ちくちくと痛んでいる。

ごめんなさい、お義母さん。

心の中で、私は謝った。

むしろ私は、その影を増やすことに貢献している。光源が複数あれば、影も増えるのは道理だ。

人の妄念は、何かを呼び込むのだ、きっと。

この世のものではない、何か。現実にはあり得ない、何か。計り知れない闇の中にだって、平穏と永遠を見いだすことはできる。それは欺瞞《ぎまん》かもしれないし、反対に奇跡と呼ばれるべきものなのかもしれない。どちらにせよ、当人にとっては何の意味もない。自覚できるものは間違いなく存在している。ただそれだけのことだ。

つまるところ幽霊とは、人の心が創り上げた存在なのかもしれない。死んでしまった人がいて、残された者がいる限り、それはきっと現われ出、生まれ出てくるのだろう。

お義母さんに別れを告げて、私は自分の家に帰ってきた。ミノさんと私、そして瑞樹と貴樹の住む家。いびつであり得ない形をしているのに、奇妙に安定して、安らげる家。たとえまがい物であったとしても、この上なくきれいな夢を見せてくれる家。

まるで、ディズニーランドにあるシンデレラのお城のように。

なぜ私はここにいるのだろうという、疑問はあった。間違っていたと不安に駆られる瞬間もあった。けれど、今、はっきりとわかった。私は紛れもなく、この家に必要な人間だったのだ。貴樹は間違いなく、私たち三人の子供だ。

私は玄関のドアノブに手をかけた。確かに鍵をかけていったはずなのに、何の抵抗もなくドアは開いた。

上がり框《がまち》には、赤ん坊を抱いた瑞樹が立っていた。

「――おかえりなさい、スズさん」

そう言って、瑞樹はこの上なく優しい笑みを浮かべた。

5

それからさらに年月は流れた。

貴樹は年々、確実に成長している。私はときおり、胸が締めつけられるような気持ちになった。そして、空っぽの容器に温かいものが満ちてくるような思いも味わわせてもらった。成長とは果てしない喜びであると同時に、ある種の暴力でもある。とりわけ貴樹はどんどんあの写真の中の少年に近づいていくのだ。その享年に達したとき、私は彼になんと言えばいいのだろう？取り返しのつかないことをしてしまったはずなのに。なのに今、貴樹は私に向かって微笑《ほほえ》むのだ。過ちも、間に横たわっていた歳月も、まるで初めからなかったかのように。

一方瑞樹のほうは、亡くなる前と何ひとつ変わらない、少女のような姿のままだった。私は彼女が大好きだったし、彼女もまた、私が大好きだと言ってくれる。最初は年の離れた妹と接しているみたいだったし、近頃では年の近い母娘のようでもある。

そして端から見ればミノさんと私は、子供に恵まれない、けれど仲むつまじい夫婦そのものだった。私たちには、瑞樹と貴樹という、血を分けた子供以上の存在がいる。何の責任も、義務もない。ただひたすら純粋な愛情を注いでいればいい、あまりにも都合が良く、そして奇跡のような存在が。

気が向けば、皆でディズニーランドに行く。そろってショッピングもするしピクニックにも行く。瑞樹と貴樹の姿は、私たち以外の人には見えない。けれどそれで別に、不都合は何もない。

貴樹はすくすくと、健《すこ》やかに育っていく。ミノさんは相変わらず優しく穏やかで、瑞樹は無邪気で輝くような笑顔をそこら中にふりまいている。

幸せは、家の中で正しく完結していた。ミノさんが生み出した瑞樹も、私たちで生み出した貴樹も、そしてミノさん自身も、誰も彼もが愛おしかった。

けれど、その申し分ない日々に、ある時大きな変化が訪れた。

職場でデスクワークをしていると、その電話がかかってきた。警察です、という言葉に、その時は現実離れした響きしか感じなかった。

その見知らぬ〈声〉は言った。

「アナタノゴシュジンガジコニアワレテキトクジョウタイデススグニキテクダサイ……」

この人は何を言っているんだろう。まるで異星人がしゃべっているみたい。一片たりとも意味がわからない。

三度、相手に同じことを繰り返させてから、私はその場で悲鳴を上げた。

駆けつけた病院で、ミノさんの意識はまだ、辛うじて保たれていた。脇見運転の車が、歩道にまで乗り上げてくるなんて、なんて運が悪い人なんだろう。運転手は電話中だったそうだ。あれほど危ないと言われ、禁止もされていることなのに。そんな人からは運転免許証だけでなく、携帯電話なんてものも取り上げてしまえばいいんだ。

加害者を呪い続けることで辛うじて泣かずに来られた。それも、包帯だらけのミノさんを見るまでのことだった。

まだ生きている、と言うよりは、まだ死んでいない、に近い。それでも、意識はあった。私はミノさんの耳に唇を近づけて、そっとささやいた。

「大好きよ、ミノさん」

それは一生一度の、告白だった。

本当は、初めて会った時からミノさんが好きだった。ずっと好きで、だからずっと苦しかった。たぶん私は本能的に、自分と同じ苦しみをミノさんの中に見て取っていたのだ。

彼と会い、話をするうちに、ミノさんがこの世界には伴侶を求めていないことを知ってしまった。お節介なバーテンダーが、あの人ちょっとヘンなんだとも教えてくれた。そして彼自身よく言っていた。自分が独身を通していることで、母親には辛い思いをさせている、それが申し訳ない、と。

偽装結婚の話を切り出したのは、だから小さな賭だった。その頃には、理解しきれない部分も含めたミノさんが好きになっていた。彼はいわば、カレンダー機能の狂った時計だった。それは時計としては大して問題じゃない。カレンダー機能なんて、さほど必要なものでもない。むしろ、私の中の同じ機能を意図的にずらしてしまえばいい。それで万事、うまく行く。

嘘をつき通す自信はあった。私が偽りの結婚をするのは、いじましい虚栄心のため。それでよかった。

私の計画に、ミノさんはいともやすやすと乗ってきた。こちらが当惑してしまうくらい、呆気なかった。彼を欺いているということが後ろめたくて、ぐずぐずと乗り気でない振りさえした。そして心の中では、飛び上がりたいほどに嬉しかった。

とにかく一緒にいられれば、それで充分だった。欺瞞でも何でもかまわなかった。それくらい、彼のことが好きだった。

ミノさんがあちら側の住人だとしたら、私も同じ向こう岸に渡る。私にとっては、ただそれだけのことだ。

大好きだったのよ、と繰り返しながら、私は死にゆく人の頰に触れた。傍目には、死に別れようとするまっとうな夫婦そのものだったろう。

けれど私たちは実際には、夫婦になり損ねた二人だ。家族になり損ねた二人だ。いびつで奇妙な関係を、こつこつと造り上げてきた二人だ。

私たちの結婚は偽物だったけど、でも充分素敵だったよ、ミノさん。私たちで造ったお城は、偽物だったかもしれないけど、でも充分きれいだったね。ライトアップされて、花火まで背負ったシンデレラ城みたいだったよ。

ミノさんの唇が、かすかに動く。私は懸命に耳を近づけた。

「……瑞樹と……貴樹をよろしく」

それが、彼の最期の言葉であり、返事だった。

「馬鹿ね、ミノさん」もうこの世の声は聞こえていないミノさんに、私はささやく。「それはこっちのセリフでしょ。あなたはその、妻子のところに行くんじゃないの、今から」

言いながら、また涙がぽろぽろとこぼれた。

これでようやく、彼は本来いるべき場所に行ける。可愛い奥さんと子供、三人の家族になれる。長く苦しんでいたのは、彼も同じだ。

プラスアルファだったのは私。余計だったのも私。それでも私は、幸福だった。欺瞞だらけの毎日で、それだけは紛れもなく本当のことだった。

「……鈴子さん」

絞り出すような声をかけられ、振り向くとお義母さんがいた。

息子の側に駆け寄り、泣き崩れる義母の背中をそっと抱きながら、私は呆然と考えた。

これから私はどうしたらいいんだろう。私にはわかっていた。幻のお城には、私独りの力では決して住めない。私独りでは、死んでいった三人を引き留めることはできない。あらゆる意味で、私はミノさんには及ばない。中途半端な場所で、曖昧《あいまい》に揺らぎ続けることしかできない。

あの家の中で、私は永遠にたった独りだ。

そう考えるだけで、肌が粟《あわ》立つ。結婚前には平気だったはずの孤独が、今の私には何よりも怖い。

私は自分の腕の中でむせび泣く、年老いた女性を見つめた。ミノさんを生み出した女性。私と同じく、ミノさんをとても大切に思っている女性……。その上この人は瑞樹のことも知ってい て、温かな情愛を寄せていた。瑞樹のお腹にいた赤ん坊のことも、もちろん知っている。貴樹は義母にとっては、やがて生まれるはずだった、けれど生まれなかった孫だ。どんなにかその腕に抱きたかったことだろう……。

——その思いは、きっと、今だって……。

私は子守歌のように優しく、ささやきかけた。

「お義母さん、大丈夫よ。あの人はずっと、側にいてくれますとも。私たち、一緒に暮らしましょう。そうしたら……」

ミノさんは、そして瑞樹や貴樹は、消えることなくあの家に存在し続けてくれるだろう。それを証明したのは、他ならぬミノさんだ。

大丈夫、大丈夫。私は自分に言い聞かせた。

明日も、明後日も、その先もずっと。何ひとつ変わらない、幸福な日々が続く。

落ち着いたらきっと、またみんなでシンデレラのお城を見に行こう。そう心に決めて、私は独り、小さな笑みを浮かべた。

解　説――恋という名の「終わらない夢」

（評論家）藤本由香里《ふじもとゆかり》

もしかしたら、私にも人が殺せるかもしれない、と思ったことがある。

二十代半ばの頃、当時つきあっていた相手が、他の女性とも寝ているらしい、と気づいた時である。瞬間的に「許せない！」と思い、誰かに感情をぶつけたくてテレクラかなんかに電話して（なんでそんなことをしたのかは今となってはわからない）、「……『私にも人が殺せるかもしれない』と生まれて初めて思った」と言ったら、ガチャリと電話を切られた（まあ、当然だろうが）。ちなみに殺したいと思ったのは男の方である。

それからホアキン・コルテスの舞台を観にいった時。もともとはナオミ・キャンベルに自殺未遂をさせた男を見てみたい、というだけで行ったのだが、花道に突然スポットがあたり、私の左斜め後ろに彼の姿が浮かび上がった瞬間、私はそれまでの冷笑的な気分はどこへやら、完全にホアキンに「持っていかれ」、魂が震えるようなフラメンコの歌と踊りに思いっきり官能を刺激されながら、衆人環視の中でイってはいけないと必死で手の甲に爪を立て、「この男のためならどんな罪を犯してもいい、人殺しだってできる」って気分って、こんな感じなんだ――と熱に浮かされたように思っていた。

かくも恋は人を狂気にさせる――といっても、私はそれほど危ない人間ではない。その後、血を吐《は》くような経験を何度か積み重ねて（文字通り何度かほんとうに血を吐いたが）、今では自分の恋人が他の女と寝ているぐらいのことではほとんど動じなくなった（その「事実」だけでは、ね）。若い頃よりはずいぶん感情の整理ができるようになったと思う。だが、二十代の頃、「私にも人が殺せる」と強烈に思った、自分でもびっくりするほどの激情はよく覚えている。

このたび刊行が始まったこの『恋愛ホラー・アンソロジー』シリーズ第1巻にも、そうした激情、あるいは行き場のない思いに捕われて異常な行動に走る登場人物たちが多数登場する。

たとえば最初の性愛の記憶が記憶の中枢を針のように突き刺し、主人公のその後の行動をまるで霧の中のように曖昧《あいまい》にさせてゆく岩井志麻子《いわいしまこ》「よく迷う道」。あるいは不気味に付き纏《まと》う犬のような女の影が恐怖を盛り上げてゆく加門七海《かもんななみ》「犬恋」、やはり付き纏う何者かの影にじりじりと的を狭められていくような田中雅美《たなかまさみ》「暗い夢」。夫に愛人がいるのを知りながらどうすることもできない老若二人の妻たちの嫉妬と憎しみが響きあう永井《ながい》するみ「針」。

それから、そうした作品群とはちょっと違って、人間ではない存在を扱って不思議な余韻を残す図子慧《ずしけい》「夜の客」、こんな植物がいたら生理的にほんと怖いだろう、だけどほんとにいそうで、リアルに想像できてしまうのが不気味……と、特異な印象を残す森奈津子《もりなつこ》「人形草」。

どれもたいそう面白く読んだ。だが、今回、とりわけ私の気持ちの中に強く残ったのが島村洋子《しまむらようこ》「托卵」と、加納朋子《かのうともこ》「シンデレラのお城」である。

理由は、おそらくどちらも「終わらない夢」を扱っているから。諦めきれない「もしかしたらあったかもしれない未来」を扱っているから。だから、せつない。

それは、私自身が、自分でも思いがけないほど激しい恋をして、その恋を失ったばかりだからかもしれない。失ってしまった恋は、蜃気楼《しんきろう》のように繰り返し繰り返し人を「あったかもしれない未来」の夢へと誘《いざな》う。もう、そんなはずはないとわかっているのに、もしかしたら……あったかもしれない、その未来《さき》。見たくないその中心に、針のように疼いているのは「後悔」。

加納朋子「シンデレラのお城」では、その「後悔」と、失ったものへのあきらめきれない思いが主人公とミノさんを結び付け、二人にその先の「終わらない夢」を見させる。甘くて脆《もろ》い夢。大事にしないと壊れてしまう夢。そんなことはありえないとわかっているのに。でも、どうしても見てしまう夢。見てしまってもしかたがないと思わせる夢。せつなくてせつなくてせつない「終わらない夢」。いいえ、終わらせたくない夢。

そして、相手へのあきらめきれない思いゆえに「してしまったこと」が、「托卵」に協力した検査技師を自殺させ、主人公のお腹にはその結果としての子供が育つ。人工授精、代理母……生命操作が可能になったからこそありえた選択。子供というかたちでずっと続いてゆく未来。否応もなく続いてゆく「選択」の結果。このエンディングは秀逸である。

「シンデレラのお城」にも子供がからんでくるが、人が恋をあきらめきれないのは、それが生へと続く未来をも含みこんでいるからかもしれない。失われた命や生まれたかもしれない子供がいる時、その恋はとりかえしのつかないこととして人の心を苛《さいな》みつづける。

けれど、「あったかもしれない未来」「もしかしたら……あるかもしれない未来」が人を誘いつづけるのは片思いの時でも同じだ。恋をしているのは自分だけで、相手にはその気がない、あるいは相手はもう、冷めてしまった――そのことがわかっていても、終わらせることができない、あきらめきれないのが「恋」というものなのだから。だからこそ、これだけの『恋愛ホラー・アンソロジー』が成立するのだろう。

あきらめてしまったら、思い切ってしまったら、それはもう「恋」ではなくて「恋の思い出」になってしまうから。

ときには悪夢へと姿を変えることもある、恋という名の「終わらない夢」。

それは今日もあなたを誘っている。

初出一覧

岩井志麻子「よく迷う道」　月刊「小説NON」2002年9月号
島村洋子「托卵」　月刊「小説NON」2001年8月号
加門七海「犬恋」（「獣恋」を改題）　月刊「小説NON」2002年3月号
田中雅美「暗い夢」　月刊「小説NON」2001年9月号
図子慧「夜の客」　月刊「小説NON」2000年12月号
森奈津子「人形草」　月刊「小説NON」2001年9月号
永井するみ「針」　月刊「小説NON」2002年3月号
加納朋子「シンデレラのお城」　月刊「小説NON」2002年6月号

一〇〇字書評

切り取り線

購買動機（新聞、雑誌名を記入するか、あるいは○をつけてください）	
□（　　　　　　　　　　　　）の広告を見て	
□（　　　　　　　　　　　　）の書評を見て	
□ 知人のすすめで	□ タイトルに惹かれて
□ カバーがよかったから	□ 内容が面白そうだから
□ 好きな作家だから	□ 好きな分野の本だから

●本書で最も面白かった作品名をお書きください

●あなたのお好きな作家名をお書きください

●その他、ご要望がありましたらお書きください

住所					
氏名		職業		年齢	
Eメール			新刊情報等のメール配信を 希望する・しない		

あなたにお願い

この本をお読みになって、どんな感想をお持ちでしょうか。

この「一〇〇字書評」を私までいただけたらありがたく存じます。今後の企画の参考にさせていただきます。

あなたの「一〇〇字書評」は新聞・雑誌などを通じて紹介させていただくことがあります。そして、その場合はお礼として、特製図書カードを差し上げます。

前頁の原稿用紙に書評をお書きのうえ、このページを切りとり、左記へお送りください。Eメールでもお受けいたします。

〒一〇一・八七〇一
東京都千代田区神田神保町三・六・五
九段尚学ビル　祥伝社
祥伝社文庫編集長　加藤　淳
☎〇三（三二六五）二〇八〇
bunko@shodensha.co.jp

祥伝社文庫

上質のエンターテインメントを！　珠玉のエスプリを！

祥伝社文庫は創刊15周年を迎える2000年を機に、ここに新たな宣言をいたします。いつの世にも変わらない価値観、つまり「豊かな心」「深い知恵」「大きな楽しみ」に満ちた作品を厳選し、次代を拓く書下ろし作品を大胆に起用し、読者の皆様の心に響く文庫を目指します。どうぞご意見、ご希望を編集部までお寄せくださるよう、お願いいたします。

2000年1月1日　　祥伝社文庫編集部

勿忘草《わすれなぐさ》　恋愛ホラー・アンソロジー

平成15年1月20日　初版第1刷発行

著者　岩井志麻子《いわいしまこ》・島村洋子《しまむらようこ》
加門七海《かもんななみ》・田中雅美《たなかまさみ》
図子《ずし》 慧《けい》・森《もり》 奈津子《なつこ》
永井《ながい》するみ・加納朋子《かのうともこ》

発行者　渡辺起知夫
発行所　祥《しょう》伝《でん》社《しゃ》
東京都千代田区神田神保町3-6-5
九段尚学ビル　〒101-8701
☎ 03(3265)2081(販売部)
☎ 03(3265)2080(編集部)
☎ 03(3265)3622(業務部)

印刷所　図書印刷
製本所　図書印刷

ISBN4-396-33082-0 C0193

祥伝社のホームページ・http://www.shodensha.co.jp/

祥伝社文庫

結城信孝編

緋迷宮《ひめいきゅう》

突如めぐる、運命の歯車──宮部みゆき、篠田節子、小池真理子……現代を代表する十人の女性作家推理選。

結城信孝編

蒼迷宮《そうめいきゅう》

宿命の出逢い、そして殺意──小池真理子、乃南アサ、宮部みゆき……女性作家ならではの珠玉ミステリー

結城信孝編

紅迷宮《こうめいきゅう》

永遠の謎、それは愛、憎しみ……唯川恵、篠田節子、小池真理子──大好評の女性作家アンソロジー第三弾

結城信孝編

紫迷宮《しめいきゅう》

しのび寄る運命の刻《とき》…。あなたを凍らせる愛と殺意の物語。乃南アサ、篠田節子らが奏でるミステリー集。

法月綸太郎ほか

不条理な殺人

衝動殺人、計画殺人、異常犯罪…十人の人気作家が不可思議、不条理な事件を描く珠玉のミステリー・アンソロジー。

有栖川有栖ほか

不透明な殺人

殺した女彫刻家の首を女神像とすげ替えた犯人の目的は？（『女彫刻家の首』）ミステリーの新たな地平を拓《ひら》く瞠目のアンソロジー。